그레이트 코리아

KOREA

1판 1쇄 찍음 2015년 8월 26일
1판 1쇄 펴냄 2015년 8월 31일

지은이 | 정사부
펴낸이 | 정 필
펴낸곳 | 도서출판 **뿔미디어**

기획 · 편집 | 정서진, 윤영상

출판등록 | 2002년 9월 11일 (제1081-1-132호)
주소 | 경기도 부천시 원미구 소향로 17번길(두성프라자) 303호 (우)420-864
전화 | 032)651-6513 / 팩스 032)651-6094
E-mail | bbulmedia@hanmail.net
홈페이지 | http://bbulmedia.com

값 8,000원

ISBN 979-11-315-6752-4 04810
ISBN 979-11-315-6125-6 04810 (세트)

※파본은 구입하신 서점에서 교환하여 드립니다.

GREAT KOREA

그레이트 코리아

9

별미디어

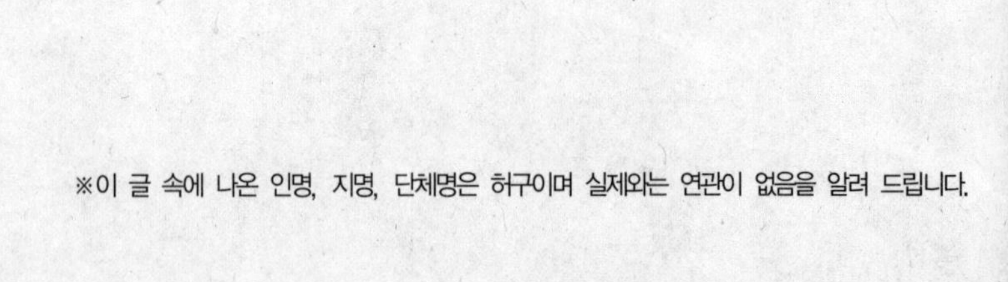

contents

1.
북한 지도부를 잡아라!

장보고 잠수함, 독일의 HDW사의 209형 잠수함으로 소형 잠수함에 속하는 선체 길이 56m, 너비 6.25m이며 수상 속도 11㎞이고 잠항시 22㎞를 낸다.

그리고 무장으로는 21인치 어뢰 8문, AEG 미사일 14기, 기뢰 28기를 무장하고 있으며 승조원으로는 33명이 탑승하고 있다.

그런데 이 209형 잠수함은 대한민국이 독일에 주문을 할 때 한반도의 실정에 맞게 요구사항을 충족해 만든 것으로 동급의 잠수함들에 비해 뛰어난 정숙성과 은밀성을 가지고 있었다.

이 장보고 잠수함이 이름을 떨치게 된 것은 1995년 사렘 훈련 중 미 해군의 대잠 방어망을 뚫고 미국해군 기함에 스모크를 명중시키면서다.

만약 스모크 대신 어뢰를 발사했다면 미군의 기함은 격침되었을 것이다.

이뿐 아니다. 1997년 독수리훈련 때 미국 해병대가 동원한 상륙항모(LPH)에 스모크를 명중시켰으며 기함에 이어 상륙항모까지 격침을 시켰다는 판정을 얻자 미 해군은 경악을 하였다.

처음 대한민국이 독일제 잠수함을 계약했다는 것에 심기가 좋지 않아잠수함 능력에 그리 좋은 평가를 하지 않았다.

하나 이 두 훈련을 통해 한국의 잠수함 운영 능력이 최고라는 것을 알려졌다. 이때부터 독일의 수출형 잠수함인 209형에는 따로 장보고급이라는 명칭이 붙을 정도로 유명해졌다.

물론 독일 HDW사에서 외국에 수출하는 잠수함에는 장보고급인 209형보다 더 큰 것도 있었지만 장보고만큼 활약한 잠수함은 없었다.

더욱이 림팩 04 훈련 당시 장보고함은 세계 최초로 미국의 항모전단의 방어를 뚫고 당시 최신형 핵추진 항공모함인

존C스테니스 함에 스모크를 명중시켰으며, 항모전단에 포함되어 이지스함과 상륙항모 등 15척의 수상함에 40여 차례 스모크를 명중시켰다.

이 림팩 훈련이란 것이 미국 해군이 항모전단의 대공, 대함, 대잠 능력에 대한 가장의 적을 두고 미 해군의 전력을 시험하는 훈련이다.

더욱이 이 훈련은 미국의 동맹국 해군 함정들이 대거 참여를 하는 훈련으로써 실질적으로 미 해군의 막강한 화력과 방어력을 세계에 알리는 것이 목적인 훈련이다.

그런데 강력하다는 어느 나라의 해군 함정도 미국 항모전단의 방어를 뚫지 못했다.

하지만 유일하게 미국의 동맹국 함정 중 장보고 잠수함이 항모전단의 방어를 뚫었으니 이로 인해 미국 해군의 전략이 수정을 하기도 하였다.

이렇듯 뛰어난 활약을 했던 장보고 잠수함도 시간의 흐름에는 어쩔 수 없었다.

장보고함이 차지하고 있던 위치는 더욱 배수량을 늘린 신형 잠수함인 배수량 1,800톤의 손원일함에 자리를 넘겨주었다.

배수량 1,200톤인 장보고함의 정숙성과 핵추진 잠수함에 못지않은 장시간 잠항을 할 수 있는 공기불요장치(AIP)는 장보고 잠수함이 가지는 한계를 뛰어넘었다.

그렇지만 이런 214급 잠수함도 2020년이 들어서며 날로 발전하는 기술로 인해 구형으로 전락하고 말았다.

그럼에도 대한민국 해군은 예산의 문제로 노후 된 장보고 잠수함을 퇴역시키지 못하고 업그레이드 하여 사용하고 있다.

◈ ◈ ◈

서해 북방 한계선을 넘어 북한 남포항에서 서쪽으로 80㎞ 떨어진 심해에 대한민국 해군 소속 SS—061 장보고함.

장보고함의 내부에는 장보고함의 승조워 외에 여러 명이 사람들이 타고 있었다.

지금 장보고함에 타고 있는 총 인원은 93명에 달했다.

정원이 33명인 잠수함에 정원을 넘어선 93명이나 타고 있기에 잠수함은 그야말로 찜통이 따로 없었다.

더욱이 잠수함의 특성상 공간의 최대한 활용하고 있었기 때문에 다른 함정에 비해 무척이나 비좁다.

그런데 정원에 거의 3배에 가까운 93명이나 타고 있다 보

니 사람들이 다녀야 하는 복도까지 사람들로 자리해 움직일 수가 없었다.

"현재시간 22:00. 승조원 정위치."

장보고함의 함장 장수영 소령은 굳은 표정으로 마이크에 대고 승조원들에게 방송을 하였다.

조국의 미래를 위해 극비 작전에 투입된 장보고함이다.

장보고함의 함장인 그는 조금 뒤 감시가 삼엄한 북한 서해상에 자신의 애함인 장보고를 띄어야 했다.

잠수함이란 함정은 물속에 있으면 그 누구도 찾기 힘든 그야말로 암살자와 같은 존재. 해상에 모습을 드러난다면 외부의 공격에 취약해진다.

그런데 자신의 애함을 그런 위험에 노출을 시켜야 한다는 것이 장수영 소령에게 그리 달갑지 않은 일이었다.

더욱이 일면 떠다니는 관이라 불릴 정도로 공격에 취약하다. 외부의 적에게 공격을 받아 격침이 된다면 자신만 죽는 것이 아니라 이 배에 타고 있는 모두가 깊이 수장이 되는 것이다.

누가 작전을 입안했는지 모르겠지만 참으로 위험 부담이 큰 작전이다.

'제길! 어떤 놈이 이런 작전을 생각해 냈는지는 모르겠지

만 제발 성공하기를……'

장수영 소령은 그렇게 속으로 욕을 하며 복도에 자리하고 있는 이상한 복장을 하고 있는 사람들을 쳐다보았다.

한 번도 본 적이 없는 이상한 복장을 하고 있었는데, 그들의 모습은 마치 SF영화에 나오는 외계인 내지는 슈퍼히어로들이 입고 있는 그런 복장을 하고 있었다.

더욱이 그들의 존재나 그들의 착용하고 있는 것들이 모두 비밀인지 진해 해군기지에서 승선을 할 때도 저 모습이었고, 또 일체 말을 섞지 않고 있었다.

물론 장수영 본인에게도 상부에서 극비 작전에 투입이 되었지만 그 어떤 것도 알려 주지 않았다.

그저 조국의 미래가 걸린 작전이니 성공을 하였다는 연락이 갈 때까지 그 어떤 질문도 참고 기다리라는 말만 들었다.

참으로 황당한 명령이었지만 해군참모총장의 명령으로 직전 하달된 것이었기에 일개 소령인 그로서는 궁금해도 참을 수밖에 없었다.

"약속된 지점에 도착했습니다. 무운을 빕니다."

장수영은 명령에 나온 지점에 도착을 하자 최대한 조용하게 수면 위로 올라왔다.

그리고 장보고함의 해치를 열었다.

장보고함은 전망탑만 수면 위로 1m 정도 올라왔을 뿐이다.
지금이 아무리 밤이라고 하지만 혹시 모르는 일이었기에 최대한 북한군에 들키지 않게 선체를 외부에 노출을 하지 않았다.
이 때문에 파도가 조금만 높게 치면 바닷물이 선체 안으로 들어오기도 하였다.
한편 작전 지역에 도착을 하고 지정된 좌표에 잠수함이 떠오르자 잠수함에 타고 있던 이상한 복장의 사람들은 아무런 말없이 잠수함 밖으로 빠져나갔다.
이미 사전에 작전 내용을 모두 들었기에 잠수함을 나간 것이다.
하지만 이건 모두 잠수함 승조원과 장수영 소령이 보기에 그런 것이지 현재 잠수함 밖으로 나가는 사람들은 활발하게 통신을 주고받고 있었다.
"리철명 부장은 2, 3조와 함께 평방사 사령부를 점령하시오. 김갑돌 부장은 4조와 함께 호위총국을 제압하고, 1조는 나와 함께 김장은이 있는 주석궁을 친다. SA부대는 나와 함께 주석궁으로 김장은을 잡으러 간다."
수한은 헬멧 내부에 있는 송신마이크를 통해 명령을 내리고 자신도 사다리를 통해 잠수함 밖으로 나갔다.

사실 민간인인 수한이 이들에게 명령을 내리는 것이 조금은 의아한 모습일 수도 있지만, 이미 사전에 대통령과 협의를 통해 명령권을 일임 받았다.

그러했기에 SA부대는 아무런 불평 없이 수한의 명령에 따르는 것이다.

물론 자신들보다 실력이 뛰어난 라이프 메디텍의 보안대가 수한의 명령에 절대 복종을 하고 또 그들과 훈련을 받을 때 수한의 실력을 겪어 보았기에 아무런 불만이 나오지 않는 것이기도 했다.

수한은 SA부대가 라이프 메디텍 보안대와 훈련을 할 때 간간히 그들이 훈련을 하는 장소를 방문해 그들의 훈련 상태나 장비를 점검을 하면서 이들을 지도하기도 했다.

수한이 SA부대에 가르쳐 준 것은 전생의 기사들이 수련하던 무술이었는데, 수한이 가르쳐준 무술은 어려서부터 무술을 수련했던 SA부대원들과 상성이 너무도 잘 맞았는데, 산수로는 1+1=2이지만 무술수련이 가져다준 효능은 SA부대에게 2가 아닌 3이나 4를 나타냈다.

그 말이 무슨 말인가 하면, 다름 아닌 소설에나 나올 법한 내공이란 것을 가지게 된 것이다.

이는 수한도 이미 경험한 것이기에 일부러 전생의 기억을

다시 하여 가르쳤다.

어려서 의붓 할아버지인 혜원을 통해 무술을 배우고 또 전생의 기억을 통해 기사들과 현생의 무술을 비교하며 알게 된 사실을 수한은 다시 한 번 효과를 확인하였다.

그리고 그걸 SA부대원들에게도 가르쳐 준 것이다.

만약 이들의 인성이 수한의 기준에 미치지 못했다면 그들을 가르치지 않았을 것이지만 다행히 SA부대원들 모두 이런 수한의 시험을 통과했기에 가르쳐 주었다.

물론 이들은 자신들이 수한의 시험에 통과했다는 사실도 알지 못하고 있지만 말이다.

라이프 메디텍 보안대가 잠수함 밖으로 나가고 SA부대원들도 모두 떠나자 장보고함은 언제 그랬냐는 듯 바닷속으로 사라졌다.

그들의 임무는 특수임무를 가지고 북한에 침투를 하는 이들을 북한 남포항이 보이는 해상에 내려 주면 끝이었다.

이후 아무도 모르게 모항이 진해로 돌아오면 장보고함의 임무는 끝나는 것이었다. 그렇기에 뒤도 돌아보지 않고 자리를 떠났다.

비록 음파 탐지 능력이 떨어지는 북한이나 중국이라고 하지만 언제 어느 때 발각될지 모르는 일이기 때문이다.

장보고함이 사라지고 바다 한가운데 남은 그들은 착용하고 있는 파워슈트의 기능을 작동한 채 북한으로 침투를 하였다.

이들은 북한 남포항을 통과하고 대동강을 거슬러 오라 평양으로 침투 루트로 잡았다.

그것이 사람의 눈에 뛰지 않고 평양으로 가는 최적의 루트이기 때문이다.

북한 평양 주석궁.

주석궁 북한 주석인 김장은이 살고 있는 곳이다.

북한의 주석궁은 단순히 김장은 거처일 뿐만 아니라, 북한의 정치와 김장은이 북한을 통치하는 것에서 비롯된 스트레스를 해결하는 등 모든 것을 할 수 있게 만들어진 곳이다.

그리고 이곳 주석궁 지하에는 북한 주석인 김장은은 물론이고 공산당 간부들의 충성심을 배양 시키는, 일명 기쁨조가 준비되어 있기도 하다.

그리고 지금 주석궁 지하에 기쁨조들이 김장은과 북한 권력자들을 노고하기 위해 공연을 하고 있었다.

그런데 그들이 하는 양을 보면 정말이지 두 눈 뜨고 보기

어려울 정도로 난잡한 모습이 연출이 되고 있었다.

무대에서 공연이 펼쳐지고 있었지만 정작 공연을 보는 사람은 거의 없었다.

모두 자신의 옆에 젊은, 아니, 앉아 있는 간부들보다 최소 20살은 어려 보이는 젊은 아가씨들이 헐벗은 모습으로 반쯤 몸을 기대어 앉아 있었다.

더욱이 그녀들이 앉아 있는 곳은 의자가 아닌 늙은이들의 무릎 위였다.

그렇게 헐벗은 아가씨들을 무릎 위에 올려 두고 그들은 아가씨들의 육체를 희롱하고 있었다.

가슴이며 엉덩이 그리고 은밀한 부위까지 가리지 않고 주물럭거리고 있었는데, 정작 놀라운 것은 그런 것이 아니라 지위고하를 막론하고 그런 작태를 보인다는 것이었다.

그리고 독재를 하지만 그런대로 애처가로 외부에 알려진 북한 지도자인 김장은도 별반 다르지 않다는 것이 문제다.

그런데 그런 퇴폐적인 모습은 남자들만 즐기고 있는 것이 아니었다.

주석궁 지하 비밀 장소에는 북한 권력자들이 모두 모여 기쁨조의 봉사를 받고 있었는데, 이들 권력자에는 남자들만 있는 것이 아니다. 김장은의 혈족들도 포함되어 있고 또 여성

당 간부들도 포함되어 있었다.

이들도 자신의 취향에 맞는 어린 남자를 곁에 두고 향응을 즐기고 있었다.

마치 주변 다른 이들은 신경도 쓰지 않는 것인지 어떤 이들은 아예 자신의 옷까지 모두 벗어 버리고 여자의 몸에 올라타는 이들까지 있었다.

예전 같으면 감히 상상도 못할 장면이 지금 펼쳐지고 있는 것이다.

예전 김장은의 집권 초기만 해도 졸았다는 이유로 권력 서열 2위의 원수가 처형이 되기도 했는데, 이런 퇴폐적인 모습을 연출을 할 수가 있었겠는가?

그런데 지금 펼쳐지는 모습은 세상 어느 누구도 상상하지 못할 장면이 지금 펼쳐져 있었다.

그런데 정작 헐벗은 여자를 품에 앉고 있는 김장은의 표정이 그리 밝지 않았다.

그도 그럴 것이 김장은은 그동안 북한을 자신이 지배하고 있다고 생각을 하였다.

그렇지만 현실은 그렇지 않다는 것을 얼마 전 알게 되었다.

북한의 권력은 지도자인 자신의 손에서 벗어난 지 오래였

던 것이다.

군부는 반 이상이 중국의 영향권에 들어가 있으며, 나머지는 그저 그런 전력을 가지고 있으며 그마저도 자신이 아닌 친 러시아 계열의 인사들이었다.

김장은은 얼마 전까지만 해도 자신에게 간도 쓸개도 모두 내놓을 것처럼 굴던 인사들이 중국의 대규모 원조를 받고 또 남쪽에 긴장감을 조성하면서 이상한 동향을 보이기 시작하는 것을 포착하였다.

이 때문에 친위대를 시켜 조사를 하였다.

그리고 그 과정에서 만은 당 간부들과 군 장성들이 중국에 포섭이 되어 있는 것을 알게 되었다.

그뿐 아니라 이번 사태도 자신이 알고 있는 것과 다르게 남측을 도발하는 것에서 그치는 게 아니라 한반도에 전면전을 힐책하고 있음을 알게 되었다.

이 때문에 김장은은 고심을 하게 되었다.

자신의 생각은 이것이 아니었다.

남한을 압박하여 군비증강을 줄이게 하면서 남북이산가족 교류라는 카드를 써 부족한 식량과 연료를 공급받는 것이 목적이었다.

그러는 한편 배급 문제로 불만이 쌓인 군부를 달래는 것이

목적이었는데, 어느 순간 자신의 통제를 벗어나 군이 움직이기 시작하였다.

사실 이런 문제로 일부 군 장성들이 딴마음을 먹었다는 것이 문제였다.

친 중국 인사들이 대거 그런 현장 지휘관들을 포섭해 이제는 자신의 영향권에서 벗어난 것이다.

어떻게든 달래 보려 노력을 하였지만 이미 중국의 꾐에 넘어간 이들은 자신의 명령을 콧등으로도 듣지 않고 있다.

현재 남쪽 철책 인근에 있는 부대들 대부분이 자신의 통제를 듣고 있지 않았다.

다행이라면 자신을 보호하고 있는 호위총국 20만 병력만은 자신의 통제하에 있다는 것이 정도였다.

그렇지 않았다면 자신과 자신의 가족들은 진즉 축출이 되었을 것이다.

그리고 친 러시아 계열 장성들도, 친 중국 계열 장성들이 어떤 생각을 가지고 있는지 알고 있었기에 아직은 자신을 편들고 있음이 그나마 자신의 생을 연장하고 있었다.

하지만 이런 것도 얼마 남지 않았음을 김장은은 잘 알고 있다.

남한과 전쟁이 벌어지면 중국은 조중 안보협정을 들어 전

쟁에 참전을 할 것이다.

그건 북한의 의사와 관계없이 이루어질 것이 분명했다.

그리고 그것이 모두 중국의 음모인 것이다.

중국은 그렇게 한반도 전쟁에 참전하여 북한을 장악하고 여세를 몰아 남한을 점령한다는 생각이다.

하지만 현재 남한의 군사력은 역대 어느 때보다 강력하였다.

아마 핵무기를 쓰지 않는 이상 중국은 그 뜻을 이루지 못하고 현재 형성되어 있는 철책 밑으로 내려가지 못한 채 국경을 지금과 같은 상태로 고착을 시킬 것이다.

그렇게 된다면 자신이나 가족의 미래는 빤했다.

점령한 북한을 돌려주지 않고 그동안 힘썼던 것처럼 동북공정을 완성하려 할 것이다.

김장은은 테이블 위에 놓인 술잔을 들어 쏟듯이 털어 넣었다.

"크윽!"

입 안으로 들어가는 술 맛은 무척이나 썼다.

자신의 앞에 놓인 술은 무척이나 고급스러운 것으로 인민들은 감히 그 값을 생각지도 못할 정도다.

예전에는 그렇게나 부드럽고 입에 착착 감기는 맛이 있던 그것이 지금은 싸구려 화주만큼이나 독했다.

사실 지금 벌이고 있는 파티도 마음에 들지 않았다.

그렇지만 어쩔 수 없이 벌여야 하는 것이기도 했다.

오늘 파티는 자신과 가족을 지키는 호위총국 간부들과 자신을 지지하고 있는 인근 부대의 장성들이기 때문이다.

만약 이들이 자신에게서 등을 돌리게 되면 정말로 끝장이었다.

그래서 억지로 이들을 불러 위무하는 중이다.

이들을 위무하기 위해 꼭꼭 감추어 두었던 기쁨조를 풀어 품에 던져 주었다.

주변을 둘러보니 자신에 대한 조심스러움은 어디로 갔는지 모두 술에 취해 여성들의 몸을 희롱하는 중이다.

김장은은 그런 간부들을 보다 자신도 자신의 품에 안겨 있는 여성의 몸을 더듬었다.

아니, 모든 것을 잊기 위해서 더욱 집요하고 원초적으로 여체를 희롱하였다.

이것에서 만큼은 그 누구에게도 지지 않겠다는 듯 자신의 품에 안긴 여자의 몸을 탐욕스럽게 갈구하였다.

북한 주석궁이 보이는 두만강 강변.

어둠 속을 뚫고 무언가 수면 위로 떠오르고 있었다.

물속에서 떠오르는 물체는 어떤 형체를 이루고 있었지만 자정이 넘은 시간이라 너무 어두워 형체를 알 수가 없었다.

하지만 천천히 떠오른 물체는 강변으로 걸어 나오는 것이 마치 물귀신 하고 무척이나 비슷했다.

소리 없이 물 위로 떠올라 형체가 보이지 않는 것까지 딱 물귀신이었다.

다만 그것들은 어떤 목적지를 가진 것인지 단체로 어딘가로 이동을 하였다.

톡! 톡!

보이지 않는 그것들은 천천히 조심스럽게 움직인다고 하지만 지형이 모래와 자갈이 펼쳐진 강변이라 걸을 때마다 작은 소음이 일어났다.

그렇지만 아주 미세한 소음이라 이것을 이상히 쳐다보는 사람은 없었다.

걸음을 옮기던 그들은 갈대숲이 나타나자 잠시 그 자리에 멈춰 자세를 낮췄다.

어둡고 또 투명화 상태라 들키지 않을 것인데도 최대한 행동을 조심하고 있었다.

"정지."

수한은 자신의 뒤를 따르는 보안대와 SA부대원들에게 명령을 내렸다.

리철명을 따르는 2조와 3조는 두만강을 타고 침투하는 도중 헤어졌다.

평양을 둘러싼 평양 방어 사령부를 접수하기 위해 먼저 이동을 한 것이다.

그리고 김갑돌이 이끄는 4조 또한 이곳까지는 같이 왔지만 호위총국을 접수하기 위해 조금 전 헤어졌다.

지금 이 자리에는 그가 이끄는 1조와 SA부대만 남았다.

그런데 수한은 4조에게 조금 무리한 명령을 내렸다는 생각이 들었다.

그래서 자신을 따라온 1조에게 다른 명령을 내리기로 하였다.

"조형철 과장."

"예."

"아무래도 김갑돌 부장과 4조만으로는 호위총국을 접수하는 것이 지체될 것 같으니 조형철 과장이 1조를 데리고 김부장을 지원하세요."

"하지만 그렇게 되면 박사님을 보좌할 인원이 없지 않습니까?"

조형철 과장은 수한의 말에 자신의 임무를 상기하며 물었다.

조형철은 상급자인 리철명과 김갑돌에게 철저하게 교육을 받았다.

북한에 있을 때는 지도자인 김장은과 당을 위해 목숨을 바쳐야 한다고 교육을 받았다.

하지만 가족들이 굶주림에 허덕이며 아사 직전에 몰리자 충성을 다했던 조국을 등지고 탈출을 하였다.

리철명이나 김갑돌 못지않게 그 또한 탈북을 하는 과정에서 많은 고생을 하였다.

물설고 땅 설은 곳에서 말도 통하지 않는 브로커의 말투 행동 하나하나가 긴장을 하게 만들었다.

그 과정에서 조형철은 가족을 지키기 위해 살인도 하였다.

조형철은 그 과정에서 사랑하는 자식을 잃었다.

브로커는 조형철을 포함한 탈북자를 한국의 탈북자 지원단체에 연결을 시켜 주겠다고 속이고 중국 인신매매 조직에게 팔아 넘겼던 것이다.

나중에 자신들이 탈북 지원단체가 아닌 인신매매 조직 그것도 가장 악질인 조직에 넘겨진 것을 알았을 때는 절망을 하였다.

그 중국 조직은 인신매매뿐만 아니라 나이가 많은 사람이나 젊은 사내들을 따로 분류하여 장기밀매까지 하는 조직이었던 것이다.

그러한 사실을 알고 조형철은 북한군에 있으면서 배웠던 살인 기술들을 유감없이 발휘하여 그곳을 빠져나왔다.

하지만 아무리 그가 날고기는 북한군 특수부대에 있던 사람이라고 해도 혼자서 가족 모두를 무사히 빼낼 수 없었다.

더욱이 자신의 부인과 아들은 이미 장기가 빼내져 죽은 뒤였다.

그 때문에 더욱 날뛰어 당시 그곳에 있던 중국인들을 모두 죽이고 탈출을 하였지만 이미 잃어버린 가족을 찾기란 소원하였다.

부인과 아들은 죽고 딸은 어딘가로 팔려 갔다.

그나마 막내딸만은 아직 팔려 가지 않았기에 무사히 구출할 수는 있었다.

만약 조금만 늦었더라면 막내딸마저 잃어버렸을 것이 분명했다.

아무튼 그렇게 막내딸과 우여곡절 끝에 탈출에 성공을 하

였고, 우연찮게 한국 선교 단체가 운영하는 탈북지원 센터에 들어가게 되었다.

그렇게 나와 한국에 들어왔다.

하지만 그의 고생은 그것으로 끝난 것이 아니었다.

한번 사람에게 속아 가족을 잃은 조형철은 주변 모든 것을 의심을 하였다.

남을 의심을 하고 보다 보니, 주변 사람들의 시선도 그와 같아졌다.

그러니 그가 한국에 적응을 하는 것은 쉬운 일이 아니었다.

아니, 적응을 한다는 것 자체가 말이 되지 않는 일이다.

모든 것을 그대로 받아들이지 않고 의심을 하는데 어떻게 적응을 할 수 있겠는가. 그러다 보니 자꾸만 사회에서 겉돌게 되었다.

그러던 것을 북한에 있을 때 상관이었던 리철명이 불렀다.

그나마 알고 있는 사람을 만나 그의 소개로 라이프 메디텍 보안대—당시 라이프 제약 경호실—에 들어가게 되었다.

그리고 그곳에서 조형철은 새로운 인생을 맞이하게 되었다.

잃어버린 것으로 생각했던 둘째를 찾은 것이다.

눈앞에 있는 자신의 주인은 단순 사용인이 아니라 직원들을 가족처럼 여기며 그들에게 최선을 다하여 고충을 처리해 주었다

그 과정에서 조형철은 수한이 어떤 일을 하고 있으며 또 어떤 생각으로 자신과 같은 이들을 고용했는지 알게 되었다.

그 후 그동안 사람들을 의심하던 병에서 벗어날 수 있었다.

그러니 지금 자신보고 다른 사람들을 지원하라는 말을 하고 있는 수한의 안전이 걱정이 된 것이다.

상급자인 리철명이나 김갑돌의 명령이 아니더라도 조형철에게 수한은 단순 사용인이 아니라 목숨을 다해 충성을 할 대상이다.

그렇지만 그 말을 듣지 않을 수도 없었다.

지금 계획한 것들이 계획대로만 된다면 굶주리고 있는 북녘의 동포들이 자신과 같은 행복을 누릴 수 있게 될 것이기 때문이다.

그래서 조형철은 수한이 걱정이 되기는 했지만 수한의 명령에 따르기로 하였다.

물론 그가 걱정하는 것은 수한이 능력이 부족해서가 아니다.

아니, 오히려 보안대나 함께 훈련을 했던 SA부대원 보다 월등한 능력을 가지고 있음을 잘 알고 있다.

그렇지만 걱정이 되는 것은 당연한 것이다.

자신이 주인으로 인정한 이의 곁에서 지키지 못한다는 그 이유만으로 걱정이 되었다.

"내 걱정은 하지 않아도 됩니다. 옆에 계신 SA부대원 분들이 절 지켜 줄 것이니 말입니다."

수한은 조형철이 하려는 말이 무슨 말인지 짐작할 수 있었다.

하지만 그렇다고 공식적인 명령을 받고 합동 작전을 하고 있는 SA부대에게 4조를 지원하라고 할 수는 없었다.

비밀 작전에 투입되었다고 하지만 자신을 포함한 보안대는 민간인 신분이다.

그렇기에 SA부대와 함께 작전을 하지만 SA부대를 들러리로 둘 수는 없었다.

그래서 라이프 메디텍 보안대에게 주변 정리를 시키고 자신과 SA부대가 주석궁 안으로 침투해 김장은을 잡기로 결정을 한 것이다.

이런 내막까지는 모르는 조형철에게 장황하게 설명할 시간이 없기에 간단하게 그냥 4조를 지원하라고 한 것이다.

"알겠습니다. 조심하십시오."

"OK."

"1조는 나와 함께 4조를 지원하러 간다."

조형철은 수한의 명령에 1조를 데리고 호위총국을 치기 위해 먼저 출발한 김갑돌과 4조를 지원하기 위해 출발을 하였다.

조형철과 1조가 출발하는 모습을 지켜보던 수한은 고개를 돌려 정수용 중령과 SA부대원을 돌아보았다.

"처음 계획과 다르게 적은 인원으로 김장은과 주석궁 안에 있을 북한 공산당 간부들을 제압하게 되었지만, 전 대한민국 최정예인 여러분의 능력을 믿습니다."

수한이 뒤에 남은 SA부대원을 보며 그렇게 말을 하자 정수용과 SA부대원들은 자세를 바르게 하였다.

아직 투명화 모드를 끄지 않고 있는 상태라 모습은 모이지 않았지만 이 모든 것을 꿰뚫어 보고 있는 수한이라 그들의 모습에서 그들의 각오를 느낄 수 있었다.

"출발하겠습니다."

수한은 이들의 대답도 듣지 않고 출발을 하였다.

정수용과 SA부대원은 그런 수한의 뒤를 조용히 따랐다.

◈ ◈ ◈

수한과 SA부대원들이 주석궁에 침투하기 위해 도착을 했을 때, 이미 그곳 입구는 개방이 되어 있었다.

먼저 출발한 보안대가 이들을 처리한 것이다.

주석궁을 경비를 하는 호위총국의 군인들은 김갑돌을 비롯한 라이프 메디텍 보안대 1조와 4조에 의해 조용히 제압되고 있었다.

그런 모습을 확인한 수한과 SA부대원은 빠르게 주석궁 안으로 침투를 하였다.

늦은 시각이라 내부에는 별다른 경계 병력이 보이지 않았다.

하지만 주석궁 내부로 침투한 수한과 SA부대원들은 긴장을 늦추지 않고 신속하게 움직였다.

주석궁 밖에서와는 다르게 수한과 SA부대원은 빠르게 움직이기 시작하였다.

최대한 빠른 시간 안에 북한의 지도자인 김장은의 신병을 확보하는 것에 성패가 달려 있기 때문이다.

더욱이 김장은의 신병을 확보하는 것도 중요하지만 최대한 빠르게 평양을 접수해야 한다.

친 중국계 지휘관들이 평양의 변고를 알기 전에 그들까지 처리를 해야 모든 작전이 성공적으로 완료가 되는 것이다.

이 중 어느 하나만 어긋나도 조국에 어떤 영향이 미칠지 예상할 수 없었다.

만약 이곳 소식이 외부에 알려져 휴전선 인근의 친 중국계 지휘관들에게 소식이 들어간다면 그들은 주저하지 않고 중국에 구원 요청을 할 것이 분명했다.

원칙적으로 북한 최고 지도자인 김장은의 요청이 아니면 중국군이 들어와서는 안 되는 일이다.

하나 이미 북한을 삼키려 음모를 꾸민 중국 지도부는 그런 외교적 관례를 무시하고 막무가내로 북한 땅으로 들어올 것이 분명했다.

그러니 평양의 소식이 알려지기 전 모든 일을 끝내야 한다.

수한은 이번 작전에 소요되는 시간을 작전이 시작되는 밤 10시에서 다음 날 해뜨기 전인 6시 이전으로 잡았다.

그러기 위해선 한시라도 빠르게 주석궁 어딘가에 있을 김장은을 잡고 평양에 퍼져 있는 공산당 간부들을 잡아들여야 한다.

그러면서 평양의 소식이 외부에 들어가지 않게 처리를 해

야만 한다.

그러고 나서 북한의 미사일부대와 특수부대인 핵배낭부대와 화학부대를 점령하고 철책 인근 부대를 장악해야만 한다.

또 거기에서 작전이 그치는 것이 아니라 이번에는 남한의 부대가 호응을 해야 하는데, 모든 작전이 완료되면 현재 데프콘 2단계로 준비 태세에 들어가 있는 전방 부대에 연락을 하여 진격을 해야 한다.

진격한 부대들은 자신들이 제압한 북한군을 하나하나 장악하면서 혹시라도 북한의 내부 변화를 눈치 채고 쳐들어올지 모르는 중국군을 막아야 했다.

이 모든 작전이 물 흐르듯 자연스럽게 이루어져야만 대한민국과 북한 주민들에게 최소한의 피해로 평화를 얻을 수 있을 것이다.

휘익! 휘익!

SA부대원들은 각자 맡은 임무를 완수하기 위해 2인 1조가 되어 주석궁 여기저기로 퍼졌다.

일부는 내부 수색보다는 혹시라도 김장은과 당 간부들이 주석궁 지하에 설치되어 있는 지하철이나 비상통로를 통해 탈출할 수도 있다는 가정 하에 그곳을 막기 위해 내려갔다.

이렇게 각자 맡은 임무에 따라 신속하게 움직이다 보니 북한 주석궁은 빠르게 이들에 의해 접수가 되었다.

—김장은의 부인과 딸을 확보하였습니다.

—김장은의 둘째 아들을 확보하였습니다.

—김장은의…….

수신기를 통해 속속 소식이 들려왔다.

하지만 정작 중요한 김장은의 거취는 아직 발견되지 않고 있었다.

"확보한 인원들을 모두 1층으로 데려와 감시하기 바란다. 그리고 나머지 인원은 계속해서 김장은의 소재를 파악하기 바란다."

수한은 사촌형이자 SA부대장인 정수용과 함께 수색을 하다 무전이 들려오자 그렇게 지시를 하고 다시 수색에 나섰다.

그런데 화면에 무수히 많은 생체 반응이 나타났다.

수한이나 라이프 메디텍 보안대 그리고 SA부대원들이 착용한 파워슈트의 헬멧에는 여러 가지 기능이 있는데, 그중에는 생명체의 생체 반응을 포착하는 기능이 있다.

이 기능은 주로 붕괴 현장에서 인명을 구조하는 용도로 사용을 하지만, 수한은 이 기능을 파워슈트에 집어넣어 작전 시 적을 찾아내는 용도로 사용을 할 수 있게 만들었다.

그런데 생명 반응이 분포도에 비해 반응이 무척이나 작았다.

이는 존재들의 생명력이 약하거나 아니면, 그 존재들과 모니터의 중간에 상당한 거리나 장애물이 있을 때 신호가 약해진다.

수한은 벽으로 가로막힌 너머로 반응이 약하게 있는 것을 포착하고 수신기의 감도를 높였다.

그러자 생명 반응이 있는 곳과 자신의 거리가 얼추 측정이 되었다.

"포로를 감시하는 인원 4명을 빼고 모두 지하 3층으로 내려오기 바란다."

수한이 확인한 생명 반응은 주석궁 지하 3층이 위치한 곳에서 발생했다는 것을 확인했다.

그러고 바로 주석궁 내부를 수색하고 있는 SA부대원들에게 붙잡은 포로를 감시할 인원만 남기고 모두 지하 3층으로 불렀다.

자신들이 찾는 김장은과 많은 숫자의 사람들이 있음을 확인하였다. 혹시라도 혼란스런 틈에 김장은을 놓칠 수도 있었기에 방비를 철저히 하기 위해 부른 것이다.

수한도 정수용과 함께 지하로 내려갔다.

내려가는 도중 먼저 도착한 SA부대원들이 대기하고 있는 모습을 확인하고 그들과 합류를 하였다.

그런데 먼저 내려온 SA부대원들이 지하 3층 연회가 벌어지고 있는 입구를 지키고 있던 호위총국 군인들을 처리한 모습이 보였다.

수한은 최대한 소란이 일어나지 않게 하기 위해 라이프 메디텍 보안대와 SA부대원들이 사용할 무기에 특별한 조치를 취했다.

수한이 무기에 취한 조치는 바로 무소음의 충격탄을 사용하라는 것이었다.

죽이지 않고 처리할 수 있는데, 굳이 생명을 빼앗을 필요가 없기 때문이다.

더욱이 충격탄은 말 그대로 고압전류를 사용해 순간적으로 피격된 존재의 근육을 마비시키는 작용을 하기에 아무런 소음을 내지 않는 장점이 있었다.

일반 총기류처럼 화약을 터뜨려 총알을 발사하는 것이 아니다.

전기 충격기처럼 고압 전류를 사용하는 것은 맞지만 유선이 아닌 구슬 모양으로 전류를 압축하여 발사하는 것으로 원거리에서도 발사가 가능하였다.

현재 라이프 메디텍 보안대와 SA부대원들이 사용하는 무기는 이렇게 충격탄이나 일반 총알 등을 조절하여 사용할 수 있었다.

그렇기에 지금까지 적을 처리하면서 아무런 발견되지 않을 수 있었다.

만약 일반 총기류를 사용했다면 아무리 소음기를 달고 총을 발사한들 진즉 주석궁을 호위하는 호위총국 군인들에게 발각이 되었을 것이다.

수한과 SA부대원들은 입구를 확보하고 X—레이 투시를 이용해 벽 너머 내부를 살펴보았다.

벽 너머 커다란 공간에는 많은 사람들이 있었는데, 한 무리는 무대 위로 보이는 곳에서 공연을 하고, 그와 떨어진 곳에서는 여러 명의 또 다른 무리들이 넓게 퍼져 뒤엉켜 있었다.

그 모습을 확인한 수한은 그들이 지금 무엇을 하고 있는지 짐작할 수 있었다.

전생에 대마도사였던 그는 귀족들의 파티에 초대가 되어 몇 번 참석을 한 적이 있었다.

그때 귀족들은 처음 고상한 모습과는 다르게 시간이 흐르고 늦은 시각 분위기가 무르익었다 싶으면 파티 도중 눈이 맞은 사람들은 하나둘 파티장을 빠져나갔다.

결혼을 했건 그렇지 않았건, 또 나이가 어리건 많건 상관도 없었다.

더욱이 일부 귀족들은 현생의 기준으로는 상상도 못할 패륜을 저지르기도 하였다.

그런데 그런 모습이 지금 벽 너머에서 벌어지고 있었다.

당시 귀족들은 그래도 남들의 눈에 띄지 않는 곳에서 각자의 욕념을 채웠다. 하지만 지금 벽 너머 북한의 간부들로 보이는 자들은 그런 가림 막도 없는 곳에서 그런 퇴폐적인 모습을 보이고 있었다.

참으로 짐승과도 같은 이들이었다.

인간이라면 창피함이란 것이 있을 것인데, 이게 무슨 자랑스러운 모습이라고 한둘도 아닌 남녀가 공개된 곳에서 뒤엉켜 있었다.

수한은 더 이상 확인할 필요가 없다 느끼고 작전에 들어갔다.

주석궁 지하 3층에 이렇게 많은 인원이 있다면 분명 그 안에 김장은은 물론이고 북한 권력자들이 대거 모여 있을 것이라 판단을 내리고 신속하게 잡아들이기로 하였다.

더 이상 지켜보았다가는 눈이 썩어 버릴 것만 같았기 때문이다.

"더 이상 확인할 것 없이 바로 들어가기로 하지요."

"알겠습니다."

공식적인 작전이기에 자신의 사촌 동생인 수한에게 존칭을 한 정수용도 벽 너머를 확인하였기에 바로 대답을 하였다.

조용히 문을 열고 들어간 수한과 SA부대원들은 모습을 감춘 채 내부 침투하여 안에 있는 어느 누구도 빠져나가지 못하게 포위망을 구성했다.

그리고 너무도 많은 인원을 소란 없이 잡기 위해 준비를 하였다.

이때 수한은 준비한 물건을 꺼내 주변에 설치를 하였다.

수한이 준비한 것은 바로 슬립 마법진이 새겨진 장치였다.

워낙 공간이 넓어 한두 개로는 모든 인원을 잠재울 수가 없기에 공연장 곳곳을 돌아다니며 설치를 하였다.

수한이 슬립 마법진을 설치하고 그것을 활성화 시키자 어느 순간 뒤엉켜 있던 남녀가 잠에 빠져들었다.

그것은 너무도 자연스럽게 이루어졌기에 무대 위에서 공연을 하고 있던 기쁨조들조차 이상을 인식하지 못하고 잠에 빠졌다.

슬립 마법진이 모두 활성화 되고 시간이 흐르자 실내에 있던 모든 인원, 아니, 파워슈트를 입고 있는 수한과 SA부대원을 뺀 인원만 깊은 잠에 빠져들었다.

2.
대통령의 대국민 성명

찰칵! 찰칵! 찰칵!

번쩍! 번쩍!

청와대 공보실 내부에는 많은 내외신 기자들로 북새통을 이루며 여기저기 카메라 셔터 누르는 소리와 카메라에서 번쩍이는 불빛으로 눈이 부셨다.

하지만 어느 누구 하나 그런 기자들의 모습에 이의를 제기하는 사람 하나 없었다.

웅성! 웅성!

카메라 기자들은 카메라는 찍는 일이 전부인냥 생각하는지 대통령이 나오지 않았는데도 단상을 향해 카메라를 찍어 댔다.

다른 기자들은 자신과 친한 기자들을 찾아 오늘 일에 대해 캐묻고 있었다.

조금이라도 오늘 대통령이 발표할 내용을 알기 위해서 주변의 기자에게 물어보지만, 그들이라고 알고 있는 것이 있을 턱이 없었다.

너무도 갑작스럽게 마련된 자리인지라 어떤 정보는 없었다.

다만 짐작하기로는 요 근래 계속되는 북한의 무력 도발에 관한 항의문이나 정부의 입장을 발표하는 내용이 아닐까, 하는 짐작뿐이다.

"김 기자, 뭐 아는 것 없어?"

"나야 뭐…… 그러는 나 기자야 말로 뭐 들은 것 없어?"

"내가 알고 있는 것이 뭐가 있겠나? 오늘 새벽까지 인천에 있다가 왔는데."

"인천? 인천에는 왜?"

"아, 왜. 있잖아."

"뭐?"

"요즘 이태원에 외국인들의 모습이 뚝 끊어졌다잖아."

"아!"

"내가 들은 정보인데…… 자네만 알고 있어."

"뭔데?"

나 기자라고 불린 남자는 주변을 살피다 작은 목소리로 자신의 옆에서 이야기를 하던 김 기자에게 자신이 들은 정보를 알려 주었다.

그는 요 근래 이태원에서 외국인의 모습이 줄어들고 있다는 정보를 바탕으로 취재를 하고 있었다.

외국 관광객들의 감소에 대한 취재를 하다 우연히 듣게 된 정보는 너무도 충격적인 내용이었다.

"이번 북한의 도발이 우리가 무기 개발을 해서 그런 것이 아니라, 사실은 북한의 뒤에 중국이 있다는 거야."

"뭐? 그게 무슨 소리야?"

이번 북한의 배후에 중국이 있다는 나 기자의 말에 김 기자는 눈이 커졌다.

너무 큰 충격 때문에 지금까지 작은 소리로 속삭이고 있었던 것도 잊어 먹고 큰소리를 내고 말았다.

그 때문에 주변에 있던 사람들의 관심을 받게 되었지만 김 기자는 어쩔 도리가 없었다.

방금 들은 이야기는 그가 듣기에도 너무도 충격적인 내용이었기 때문이었다.

"대통령님께서 들어오십니다."

막 소란이 일어날 것만 같았던 기자들은 언제 그랬냐는 듯 다시 단상을 향해 시선을 주목하였다.

심각한 이야기를 주고받던 김 기자와 나 기자는 그제야 조금은 안도의 한숨을 돌렸다.

자칫 자신들로 인해 소란이 있을 뻔하였는데, 그나마 다행히 대통령의 등장에 소란이 중단된 것을 다행으로 여겼다.

만약 이곳에서 자신들 때문에 소란이 발생했다가는 그 뒤 무슨 일이 벌어질지 알 수가 없었기 때문이다.

아니, 기본적인 사항은 짐작할 수 있었는데, 우선적으로 자신들의 청와대 출입이 금지될 것은 분명했다.

그리고 예전만 못하다고 하지만 청와대의 힘은 대한민국 권력의 정점이다.

아무리 언론의 힘이 대단하다고 해도 자신들 두 사람이 청와대에서 소란을 일으켰다는 사실만으로 대한민국 어디에서도 옹호해 줄 사람이나 집단은 하나도 찾을 수 없을 게 뻔했다.

그리고 결국 청와대 출입이 금지된 자신들을 직장에서는 100% 해고를 할 것이다.

따로 청와대에서 언급을 하지 않더라도 자신들을 대신할 청와대 취재 기자를 보내기 위해서 자진납세를 할 것이 분명했다.

그러니 조금 전 있었던 일이 조금만 크게 번졌어도 자신들의 미래는 막막해졌을 것이었다.

김 기자와 나 기자는 그렇게 조금 전 일을 액땜 했다고 생각하며 속으로 안도의 한숨을 쉬며 윤재인 대통령이 어떤 발표를 할지 기대를 하며 단상을 쳐다보았다.

그러면서도 나 기자는 작은 목소리로 조금 전에 하다 만 이야기를 김 기자에게 들려주었다.

"미국이나 다른 동맹국들은 이미 이번 북한의 도발 뒤에 중국이 한반도 내에 전쟁을 기획하고 있다는 것을 알고 자국민을 빼돌리고 있다는 거야. 그리고 한국으로 더 이상 여행 비자를 발급하지 않고 있다고 해."

"뭐! 그럼 대통령이 지금 발표하려는 것도 설마……."

나 기자의 이야기를 들은 김 기자는 오늘 대통령이 발표할 대국민 성명은 한반도 내 전쟁이 발발에 대한 게 아닌가 하는 생각이 들었다.

이는 김 기자뿐 아니라 외국인들의 방문이 뜸하다는 정보를 듣고 알아보던 나 기자도 같은 생각이었다.

"대통령님 들어오십니다. 장내에 계신 분들은 모두 자리에서 일어나 주시기 바랍니다."

청와대 홍보관이 먼저 들어와 대통령이 들어온다는 이야기를 하며 자리에 있는 내외신 기자들에게 대통령에 대한 예의를 언급하였다.

그런 홍보관의 말에 자리에 앉아 기다리고 있던 기자들이 모두 자리에서 일어나 안으로 들어오는 윤재인 대통령을 맞았다.

공보관 안으로 들어서는 윤재인 대통령은 언제나 그렇듯 무척이나 말끔한 모습으로 등장했다.

단정하게 머릿기름을 바른 듯 가르마를 하고 은회색의 양복을 입은 채 안으로 들어왔다.

그는 자신감 넘치는 걸음으로 공보관 단상에 마련된 자리로 걸어갔다.

그런 윤재인 대통령의 모습 어디에도 전쟁의 불안감은 전혀 찾아볼 수 없었다.

아니, 불안감은 커녕 어디서 나온 것인지 모를 자신감이 충만 되어 있었다.

"하하하! 날씨 참! 좋죠?"

윤재인 대통령은 단상에 자리하자마자 미소를 지으며 그렇게 입을 열었다.

그런 대통령의 모습에 김 기자는 얼굴 가득 의문을 띄우며

자신의 옆자리에 앉아 있는 나 기자를 쳐다보았다.

조금 전 그가 들려준 이야기를 전재로 한다면 지금 대통령의 모습은 전혀 정반대의 모습을 하고 있어야 정상이기 때문이다.

곧 이 땅에 전쟁이 벌어질지도 모르는데 저렇게 미소를 지으며 농담을 할 상태가 아니기 때문이다.

혹시 대통령이 자신의 임기에 전쟁이 발발한다는 정보에 정신 줄을 놓은 것은 아닌가 의심이 들 정도다.

하지만 평소 윤재인 대통령의 대범함을 잘 알고 있는 그이기에 그런 생각은 금방 사라졌다.

'그 정보가 잘못된 것은 아닐까?'

김 기자는 조금 전 나 기자에게 들었던 정보가 잘못된 것은 아닌가 생각이 들었다.

그리고 그건 새벽까지 취재를 하고 왔던 나 기자 또한 자신이 취재를 한 것이 잘못된 정보에 대해 의심을 하게 되었다.

나 기자와 김 기자가 이렇게 자신들만의 생각을 하고 있을 때 대통령은 가벼운 농담을 기자들에게 던지며 분위기를 이끌어 가고 있었다.

"우리 홍보실장의 커피 타는 솜씨가 일류 바리스타 못지않게 좋은데, 맛들은 보셨습니까?"

"아니요. 어디 감히 청와대 홍보실장님께 일개 기자가 커피를 타 달라고 할 수가 있나요."

대통령의 농담에 앞줄에 앉아 있던 한 기자가 그 농담을 받아 말을 하였다.

그런 기자의 말에 대통령은 자신의 옆자리에 있는 홍보실장을 돌아보며 말했다.

"홍보실장!"

"예, 부르셨습니까?"

느닷없는 대통령의 부름에 홍보실장이 대답을 하였다.

그런 홍보실장을 보며 대통령은 웃는 얼굴로 말을 하였다.

"내 이렇게 자네의 커피 타는 솜씨를 자랑했는데, 아직 자네의 기막힌 커피 맛을 보지 못한 분이 있다는데…… 어떤가, 마침 나도 커피 한잔이 생각나는데 말이야?"

은근한 말로 홍보실장에게 커피가 마시고 싶다는 대통령의 말에 홍보실장은 난처한 표정이 되었다.

그렇지만 얼른 대답을 하고 밖으로 나갔다.

"알겠습니다. 잠시만 기다리십시오."

대답을 하고 밖으로 나가는 홍보실장의 모습에 기자들의 표정이 요상하게 바뀌었다.

설마 청와대 홍보실장 정도나 되는 사람이 커피 심부름을 하기 위해 밖으로 나간다는 것에 대하여 여러 가지를 생각하게 만들었다.

하지만 이 모든 것이 사전에 준비된 연출이라는 것은 이 자리에 있는 어느 누구도 알지 못했다.

대통령이 이렇게까지 연출을 하는 것은 이후 자신이 발표할 내용이 그만큼 충격적인 내용이기 때문이었다.

이후 발표될 내용을 듣고 충격을 받을 기자들에게 조금이나마 여유를 가지고 생각을 할 수 있게 하기 위한 연출이다.

홍보실장이 준비된 것들을 가지고 들어올 때까지 윤재인 대통령은 그저 가벼운 농담을 하며 기자들과 이야기를 주고받았다.

사실 이런 대통령의 모습은 기자들에게 너무도 낯설고 적응이 되지 않는 일이었다.

그렇지만 그런 윤재인 대통령의 모습이 그리 나쁘지는 않았다.

그렇지 않아도 요즘 북한의 도발로 전 국민이 예민하게 반응하고 있는 때 대통령의 이런 여유 있는 모습은 너무도 신선했다.

국민들은 벌써 한 달이 넘도록 계속되는 북한의 미사일 발사 실험이나 포격 등 군사 도발에 대한 뉴스를 들으며 전쟁에 대한 불안감에 떨고 있었다.

그리고 어떻게 알았는지 휴전선 인근에 배치된 군인들이 비상경계 태세에 들어갔으며, 북한군이 철책 가까이 전진 배치를 하였다는 뉴스가 전국에 퍼졌다.

이 때문에 이전까지 언제나 북한이 무언가 필요할 때마다 했던 연례행사 같은 일이라 치부하던 국민들의 마음속에도 불안감이 피어오르기 시작하였다.

그런데 지금 대통령의 모습 그 어디에도 전쟁에 대한 어떤 불안감도 찾아볼 수 없었던 것이다.

이런 대통령의 모습이 기자들에게는 너무도 이질적으로 보였다. 본격적으로 회견이 시작된 것도 아니기에 함부로 물어볼 수도 없어 잠시 지켜보기로 하였다.

잠시 뒤 밖으로 나갔던 홍보실장이 쟁반에 커피 한잔을 타서 안으로 들어와 대통령에게 잔을 넘겼다.

그리고 홍보실장의 뒤로 청와대 홍보실 직원들이 카트를 밀고 들어와 자리에 앉아 있는 기자들에게 일일이 커피를 돌렸다.

가끔 기자회견 전에 홍보실 직원들에게 이런 서비스를 받

은 적은 있었다.

하지만 대통령이 들어와 있는 상태에서는 처음 있는 일이기에 기자들은 쉽게 적응할 수가 없어 무척 당황스러웠다.

"자, 한번 마기고 이야기를 할까요?"

윤재인 대통령은 홍보실장이 가져다준 커피를 음미하며 그렇게 말을 하였다.

대통령이 이렇게까지 하자 기자들도 받아 놓은 커피를 한번 마셔 보았다.

확실히 시중에 파는 일반 커피 브랜드 보다 맛이 좋았다.

'좋군.'

기자들이 커피를 마시며 그 맛을 음미하고 있을 때, 윤재인 대통령은 마시던 커피를 내려놓고 기자들을 돌아보았다.

그가 보고 있는 곳에는 금발의 외국인 기자들이 모여 있었다. 그리고 잠시 그들에게서 다시 시선을 떼자 그들과 조금 떨어져 있는 곳에 모여 있는 검은 머리의 동양인들이 보였다.

동양인인데, 언뜻 봐도 한국인과는 그 생김새가 조금은 다른 이들이었다.

외국인들은 아시아인들을 잘 구별을 하지 못한다. 아시아 특히 동북아시아—한국, 중국, 일본—인들의 구분을 잘 못하는데, 한국이나 중국인, 일본인들은 자국인과 다른 나라 사람을 금방 구분해 낼 수 있다.

윤재인 대통령이 보는 곳에 있던 사람들은 바로 중국에서 온 기자들이었다.

아니, 정확하게는 중국인 기자로 위장한 중국 mmS(국안부) 요원들이었다.

세계의 정보조직들은 각국 취재기자 속에 자국의 첩보요원들을 위장 취업을 시켜 놓고 있었다.

특히나 청와대 같이 각국 정상들이 업무를 보는 곳을 취재할 수 있는 기자의 신분은 이들에게 공식적으로 그 나라 상급 정보를 취득할 수 있는 창구가 되기 때문이다.

이미 이 자리에 각국의 정보요원들이 들어와 있는 것을 알고 있지만 윤재인 대통령은 아무런 제재를 하지 않고 있었다.

아니, 윤재인 대통령이 제재를 하지 않는 것이 아니라 그들을 적절히 이용한다는 것이 맞을 것이다.

아무튼 미국 CIA요원들로 의심되는 집단과 중국 mmS요원들로 의심되는 집단을 둘러본 윤재인 대통령은 다시 시선을 돌려 일본인 기자들을 쳐다보았다.

요즘 사사건건 한국의 일에 트집을 잡고 있는 일본정치인들을 생각하면 확, 국교 단절을 선언하고 싶은 심정이다.

하지만 나라를 그렇게 치기 어린 생각으로 운영할 수 있는

게 아니기에 참고 있는 윤재인 대통령이다.

그렇기에 일본인 기자들을 보며 그 안에 또 얼마나 많은 일본 스파이들이 있을지 잠시 생각을 하니 골치가 지끈 거리는 것을 느꼈다.

생각이 깊어지자 두통이 몰려오자 윤재인 대통령은 내려놓은 커피를 다시 한 모금 마시며 여유를 찾았다.

어느 정도 공보관 내 분위기가 밝아지자 윤재인 대통령이 원고를 정리하기 시작하였다.

그런 대통령의 모습에 기자들도 긴장을 하며 가지고 온 노트북에 손을 올렸다.

대통령이 하는 발표문을 그대로 받아 적기 위해서였다.

"오늘 제가 내외신 기자분들을 모신 것은 우리 국민들과 세계인들에게 발표할 것이 있기 때문입니다."

찰칵! 찰칵!

대통령이 준비가 되어 있던 원고를 정리할 때부터 준비를 하고 있던 카메라 기자들이 대통령이 발표를 시작하자 서둘러 찍기 시작하였다.

윤재인 대통령은 준비된 원고를 물이 계곡을 흐르듯 자연스럽고 듣기 편한 어조로 읽어 내려갔다.

그런데 이런 윤재인 대통령의 원고가 중반을 달려가자 기자들의 표정이 변하기 시작하였다.

“이번 북한은 중국 정부의 원조를 받아 한반도에 전쟁 준비를 하였습니다. 우리 대한민국 정부는 이런 북한의 정보를 사전에 포착하여…….”

대통령의 성명이 공보관 안을 울리며 방송 카메라를 통해 전국으로, 아니, 전 세계로 퍼져 나가기 시작하였다.

원래라면 청와대 홍보실장의 사전 검열이 된 다음 송출이 되어야 하지만, 이미 성명서 발표와 함께 생방송으로 전국에 내보내기로 하였기에 중간 검열 없이 그대로 송출이 되었다.

방송 카메라를 가져오지 못한 외신기자들은 자신들과 협력하는 한국 방송사의 뉴스를 받아 바로 실시간으로 자국으로 송출하였다.

그 때문에 현재 윤재인 대통령이 발표하는 성명은 실시간으로 전 세계로 나가고 있었다.

“이에 우리 대한민국 군에서 특수부대를 파견해 전쟁을 획책하던 북한 지도부를 일망타진하고, 또 혹시 모를 북한 핵 시설을 확보하였습니다.”

성명서를 발표하던 중 목이 타는 듯 윤재인 대통령은 단상에 마련된 생수를 마시며 계속해서 성명을 발표하였다.

거듭되는 대통령의 충격적인 발표 내용에 기자들은 너무

놀라 할 말을 잊었다.

그리고 그건 대통령의 성명을 지켜보고 있던 대한민국 국민들 모두 마찬가지였다.

대한민국 국민들은 대통령이 대국민 성명을 발표한다고 해서 불안해하는 국민들을 안심시키려는 발표려니 했다.

정부에서 어떤 대책을 새웠는지 지켜보려고 하였는데, 윤재인 대통령의 발표는 그런 국민들의 생각을 벗어난 엄청난 것이었다.

그저 대책이 아닌 북한을 점령했다는 내용이었기 때문이다.

전쟁이란 것이 단순히 생각한다고 해서 발생하는 것도 아니다. 또 전쟁이란 것이 특수부대가 한들 그들이 전쟁을 막을 수 있는 것 역시 아니다.

그런데 지금 대한민국에서 그런 일이 벌어졌다.

"대한민국은 한민족의 터전인 한반도를 통일했음을 전 세계에 알립니다. 이 시간 이후, 그 어떤 이유로 대한민국을 도발하는 국가가 있다면 저희 대한민국은 그 어떤 대가를 치르더라도 그에 따른 응징을 할 것을 다짐합니다."

윤재인 대통령은 이 말을 하면서 단어 하나하나를 강조하듯 끊어 발표를 하였다.

그러면서 중국 기자들이 있는 방향을 주시하며 그렇게 다짐을 하였다.

그런 대통령의 모습에 기자들은 물론이고 방송을 보고 있던 대한민국 국민들은 가슴이 먹먹해짐을 느꼈다.

그리고 방송을 보기 위해 모여 있던 사람들 중 누가 선창을 했는지 모르지만 이날 TV앞에서 '대한민국 만세!' 소리가 울려 퍼졌다.

한편 종로에 있는 주한미국 대사관.

주한미국 대사 제럴드 박은 대한민국 대통령인 윤재인이 대국민 성명을 발표한다는 소식에 CIA동북아시아 책임자인 더크와 주한민군사령관인 더글라스 사령관과 함께 TV를 시청하고 있었다.

"더글라스 사령관."

"예, 대사님."

"한국 대통령이 무슨 발표를 할 것이라 생각합니까?"

제럴드 박은 TV에서 시선을 떼지 않고 주한미군 사령관인 더글라스에게 한국 대통령이 어떤 발표를 할 것인지 물었다.

그런 제럴드 박의 질문에 더글라스 사령관도 딱히 할 말이 없었다.

그가 생각하는 것이나 대사인 제럴드 박이 짐작하고 있는 것은 같은 것이기 때문이다.

이미 미국은 중국이 북한에 식량과 연료뿐 아니라 전투기와 전차 등 전쟁 물자를 지원하고 있다는 것을 알고 있었다.

그리고 그것들이 무슨 이유로 북한에 지원된 것인지도 사전에 파악이 끝났다.

중국이 북한을 뒤에서 조종을 하여 한반도에 전쟁을 일으키려고 한다는 사실을 알고 있었다. 하지만 국내 사정상 동맹인 한국에 통보를 하지 않는 것으로 결론을 내렸다.

미국이 이렇게 결정한 것에는 미국 내의 정책이 바뀌었기 때문이다.

그동안 미국에게는 팽창하는 중국을 견제하기 위해 아시아 대륙과 연결된 한국이 무척이나 중요했다.

그렇지만 계속되는 일본의 로비로 기존 중국을 견제하기 위해 한국을 지원하기보다는 그냥 일본과 대만을 이용해 해상에서 더 이상 팽창하지 못하게 견제를 하고, 중국을 어느 정도 풀어 주며 시장으로 활용하자는 제안을 하였다.

확실히 중국 시장은 미국으로서도 무척이나 매력이 있는

시장이었다.

16억이라는 인구는 그 자체만으로도 어마어마한 소비 집단.

그러니 일본의 이 같은 로비는 미국의 정치인들에게 무척이나 구미가 당기는 제안이었다.

그래서 그런지 이번 북한의 이상 동향과 중국이 음모를 사전에 파악하고 있었으면서도 한국은 이번 결정에서 배제가 되었다.

"아마도 한국의 국정원도 이번 북한의 움직임을 이제야 단순 도발이 아닌 전쟁을 기도하는 움직이라는 것을 알았을 테니 그에 대한 내용이 아닐까 합니다."

더글라스 사령관은 그저 교과서적인 말을 하였는데, 그런 더글라스 사령관의 말이 마음에 들었는지 제럴드 박은 작게 미소를 지었다.

그러면서 속으로 윤재인 대통령이 이제야 북한이 전쟁을 획책하고 있다는 사실을 알게 된 것에 비웃었다.

'큭큭! 날 무시하더니 꼴좋군!'

TV를 보며 윤재인 대통령을 비웃고 있는 대사의 모습을 조용히 지켜보는 더글라스 사령관이나 CIA아시아 책임자인 더크는 속으로 한숨을 쉬었다.

정말이지 한 국가의 대표라고는 생각할 수도 없는 마인드를 가지고 있는 제럴드 박의 모습을 이 두 사람은 속으로 욕을 하였다.

그저 운이 좋아 지역 편성에 의한 분배로 인해 한국을 생각해 출신 인사를 선출했는데, 이는 완벽하게 실패한 인선이 되었다.

그나마 다행인 것은 그런 제럴드 박이 자신의 출신보단 미국에 이익이 되는 방향으로 정책을 실행한다는 것이지만 그도 그렇게 최상의 선택을 하는 것도 아니다.

조국의 대사 정도면 정국을 주도하며 자국에 유리하게 그 나라의 정부를 움직여야 하는데 그런 수완이 없었다.

콤플렉스와 자존심만이 있을 뿐이었다.

그래서 그런지 한국 이민자 출신이면서도 제럴드 박이 가지는 한국에 대한 이미지는 무척이나 좋지 못했다.

이런 정보를 알게 된 더크나 더글라스 사령관은 제럴드 박이 한국에 대사로 온 것은 정말이지 자신들에게 피해가 되는 인선이라 생각하였다.

각자 그렇게 생각을 하고 있을 때 TV에서 윤재인 대통령이 본격적으로 성명을 발표하는 것이 들어왔다.

—오늘 제가 내외신 기자분들을 모신 것은 우리 국민들과

세계인들에게 발표할 것이 있기 때문입니다. 이번 북한은 중국 정부의 원조를 받아 한반도에 전쟁 준비를 하였습니다. 우리 대한민국 정부는 이런 북한의 정보를 사전에 포착하였으며, 그 배후에 중국 정부가 있음을 알게 되었습니다.

TV 속에서 한국의 대통령이 발표하는 내용을 가만히 듣고 있다가 더크는 물론이고 제럴드 박이나, 더글라스 사령관은 깜짝 놀랐다.

자신들이 알려 주지 않았는데, 한국이 어떻게 그런 고급 정보를 알게 되었는지 알 수가 없었기 때문이다.

"저걸 어떻게 알았지?"

"한국의 정보수집 능력이 저렇게 좋았나?"

"어떻게…… 음……."

세 사람은 그렇게 한마디씩 할 정도로 한국의 정보 수집 능력에 깜짝 놀랐다.

그동안 이들이 알고 있는 대한민국의 정보 수집 능력은 2류 수준도 못 되는 아주 저급한 정도였다.

그런데 자신들이 작정하고 숨기고 있던 것을 어떻게 알게 되었는지 알 수가 없었다.

대사관에 모인 이들이 대한민국 국정원의 정보 수집 능력에 대하여 의문을 품고 있을 때 또 다른 곳에서도 마찬가지

로 의심하기 시작하였다.

◈ ◈ ◈

북경 모처.

탕!

"이게 어떻게 된 일이야!"

중국 공산당 총서기인 주진평은 화가 머리끝까지 나서 탁자를 후려치며 소리쳤다.

그런 주진평의 모습에 주변에 있던 국무위원은 물론이고 불려 온 mmS부장 장위해도 고개를 숙였다.

주진평이 이렇게 화가 난 것은 한국의 대통령이 윤재인의 대국민 성명을 뒤늦게 들었기 때문이다.

한국이 어떻게 알았는지 북한의 뒤에 자신들이 있고, 북한이 그저 미사일 발사 시험으로 부족한 식량과 연료를 원조받기 위한 시위가 아닌, 중국의 지원을 받아 전쟁을 벌이려고 했다는 이야기가 한국 대통령의 입으로 전 세계로 퍼지자 난리가 났다.

물론 중국 정부는 공식적으로 윤재인 대통령의 발언에 부인을 하였고, 그러는 한편 엄중 경고를 하기에 이르렀다.

하지만 자신들이 한 일을 어떻게 한국이 알게 되었는지 알 수가 없었다.

자신들이 꾸민 음모가 한국으로 들어가게 된 경로를 아무리 조사를 해도 어떻게 알게 되었는지 찾을 길이 없었다.

참으로 귀신이 곡할 일이 아닐 수 없었다.

분명 비밀이 새어 나간 경로가 없는데, 상대는 그 내막을 알고 있으니 mmS부장인 장위해로서는 유구무언이었다.

괜히 이 자리에서 변명을 해 봐야 통하지도 않을 것이 분명했기에 그저 처분만 기다릴 뿐이다.

그런 장위해의 모습에 더욱 화가 난 주진평은 비밀을 누설한 간세를 찾아내라는 명령을 내렸다.

"국안부장!"

"예!"

"우리의 대업이 어떻게 외부로 유출이 되었는지 책임을 지고 알아내시오. 그리고 만약 당 내부에 외세와 결탁한 세력이 있다면 지위고하를 막론하고 잡아들이시오."

주진평은 장위해 국안부장에게 지시를 내리면서 자신의 주변에 있는 상무위원들을 차가운 눈빛으로 둘러보았다.

상무위원 중 일부는 자신과 같은 계파이지만 주진평의 눈은 차갑기 그지없었다.

그가 그렇게 보는 이유는 다름 아닌 자신의 동지라 믿었던 이의 행보가 수상하기 그지없었기 때문이다.

중국은 공산당 1당 독재 체제. 그런데 이런 와중 내부 계파에 따라 권력 구도가 달라지는데 중국의 정치는 태자당, 공청단 그리고 상하이방 파벌이 있다.

이 3계파가 공산당 상무위 자리를 두고 겨루고 있는데, 이 상무위 자리를 얼마나 많은 자리를 차지하느냐에 따라 정권을 잡는 것이다.

주진평이 있는 공청단—중국 공산주의 청년단—출신으로 현재 같은 공청단 출신 중 상무위원으로 있는 자들로는 국무원 총리인 리창준과 전인대 회장인 장거장 그리고 중앙 기율 검사위원회 서기인 장지량이 있었다.

상무위원 7인 중 4명이 총서기인 주진평과 같은 파벌인 것이다.

그렇기에 그의 정권은 무척이나 단단해 보였는데, 동지인 리창준과 장거장의 행보가 요즘 들어 의심스러워졌다.

국무원 총리인 리창준이 태자당인 국무원 부총리인 위청산과 자주 회동을 하는가 하면, 장거장은 상하이방의 류지산이나 왕귀와 얽혀 있었다.

특히 중국 경제권과 많은 연관이 있는 상하이방과 얽힌 장거장의 행보가 수상했기에 주진평으로서는 마음을 놓을 수가 없었다.

그러던 차에 이런 문제가 벌어지자 주진평은 때는 이때다 싶어 내부 단속을 하기로 작정을 하였다.

이미 한반도에 꾸몄던 작전은 실패하였다.

많은 예산을 들인 동북공정의 완성을 위해 북한에 식량이며 연료과 무기 등을 지원하였는데, 그 모든 노력이 수포로 돌아가고 말았다.

그동안 중국이 동북공정을 위해들인 노력과 시간 그리고 예산은 이루 말할 수 없었다.

그런데 그런 것들이 실패로 돌아갔으니 누군가는 분명 책임을 져야 할 것이며 그 희생양은 주진평의 머릿속에 이미 정해져 있었다.

차가운 눈빛으로 자신을 제외한 상무위원들을 보는 주진평의 눈은 그 어느 때보다 차갑게 반짝이고 있었다.

미국 백악관.

백악관 대통령 집무실에는 현재 존 슈왈츠 대통령 주제로

NSC(안보회의)가 열리고 있었다.

오늘 NSC의 주제는 다름 아닌 한국발 대통령의 대국민 성명이었다.

"이봐, 말로국장! 자넨 조금 전 한국의 대통령이 한 이야기를 어떻게 생각하나?"

슈왈츠 대통령은 CIA국장인 말론을 보며 물었다.

하지만 슈왈츠 대통령이 물어보려는 내용은 정말로 윤재인 대통령이 한 성명이 아니라 어떻게 한국이 동맹인 자신들에게 일언반구 없이 자체적으로 작전을 할 때까지 알지 못했는지 질책을 하는 것이었다.

그리고 그런 대통령의 질책을 알아듣지 못할 말론도 아니었다.

"죄송합니다."

말론 국장은 대통령의 질문에 일단 자신의 잘못에 대하여 사과를 하였다.

"이번 한국의 움직임은 너무도 전격적으로 벌어진 일이라 우리 미국뿐 아니라 세계 어느 나라도 예측하지 못했던 사건입니다."

말론 국장의 설명이 시작되자 대통령은 물론이고 아서 헤밀턴 NSA국장이나 리지 오스왈도 국방부장관 그리고 리노 레이놀즈 국무장관 또한 신음성을 흘렸다.

이들은 자체적으로 정보부서를 가지고 있는 사람들이었다.

그렇기에 이들도 CIA국장인 말론의 말처럼 한국의 움직임을 전혀 눈치채지 못했다.

특히 미 국방부 장관인 리지 오스왈도와 NSA국장인 아서 헤밀턴의 신음성은 그 누구보다 침중하였다.

그나마 미국 본토의 방위를 위한 정보 수집을 하는 NSA 국장은 조금은 덜했다.

그에 비해 국방부 장관인 리지 오스왈도는 한국에 미군부대가 있으면서도 정보를 수집하지 못했다는 생각에 자책을 하였다.

그런 위원들의 모습을 지켜보는 존 슈왈츠 대통령의 표정도 그리 좋지는 못했다.

정말로 격세지감을 느낄 정도였다.

한국이 하는 일을 미국의 대통령 아니 세계의 대통령이라 자부하는 그가 느끼기에 이번 일은 정말이지 상상도 못할 일이었다.

그가 대통령이 되기 이전 상원의원으로 있을 때만 해도 한국의 대통령은 물론이고 한국의 위정자들은 자신들에게 잘 보이기 위해 갖은 노력을 다하였다.

일부 위정자들은 자신들의 정책을 그대로 알려 주기도 하였다. 어떤 이는 자국의 군사비밀에 해당하는 군부대 배치와 무장 상태 등을 알려와 미국의 이익에 많은 일익을 담당하였다.

그런데 어느 순간 그들의 움직임이 바뀌었다.

모든 것을 철저히 비밀에 붙이고 자신들과 연관이 있는 이들을 한직으로 좌천시키는가 하면, 플라즈마 실드 발생장치와 같은 것을 개발하면서 보고를 하지 않았다.

예전이라면 감히 상상도 못할 일인데 한국에서 버젓이 벌어지고 있었다.

그런데 정작 이런 정보를 알아내야 할 CIA나 국무부 산한 정보부서에서는 그 어떤 정보도 알아내지 못하고 있었다.

아니, CIA의 특무부대는 한국 내에서 비밀 작전을 하다 사로잡히는 수모까지 겪었다.

참으로 참담한 일이 아닐 수 없었다.

그런데 이번에는 한국이 독자적으로 작전을 펼쳐 전쟁을 억제했을 뿐 아니라 휴전 상태의 한반도를 통일하였단다.

아무리 한국이 군 작전권을 회수했다고 하지만 동맹인 미국에 일언반구 작전에 대한 언급을 하지 않았다는 것은 미국을 무시한 처사였다.

리노 레이놀즈 국무장관은 이런 생각이 들자 갑자기 화가 나기 시작하였다.

'감히 동양의 작은 나라 따위가 위대한 조국을 무시해?!'

지금 리노 레이놀즈 국무장관은 참으로 황당한 생각이지만 그는 지금 한국이 미국에 아무런 언급도 하지 않고 독자적으로 작전을 펼친 것에 분노하였다.

하지만 흥분을 한 그는 자신의 생각이 얼마나 황당한 것인지 인지하지 못하고 있었다.

만약 그가 흥분한 상태가 아니었다면 분명 이성적인 판단을 내릴 수 있었을 것이다.

현재로써는 그도 이성적인 판단을 내리지 못하고 감정적이 되어 버렸다.

"이번 한국이 한반도에서 우리 미국에 아무런 상의 없이 작전을 펼친 것은 명백한 협정 위반입니다. 이번 문제에 대하여 책임을 물어야 합니다."

리노 레이놀즈 국무장관은 말론 국장의 말이 끝나기 무섭게 한국이 비밀 작전을 한 것에 대하여 항의와 함께 책임자 처벌을 해야 한다고 주장하였다.

그런데 황당하게도 그런 레이놀즈 국무장관의 말에 반론을 하는 이가 아무도 없었다.

"그게 무슨 말인가? 책임을 물어야 한다니?"

슈왈츠 대통령은 국무장관의 말에 그의 의중을 물었다.

그런 대통령의 질문에 레이놀즈 국무장관은 자신의 생각을 말했다.

"한국 정부는 군사작전을 하면서 동맹국이 우리 미국에 아무런 통보도 없이 작전을 하였습니다. 그 때문에 한국에 주둔중인 주한미군을 위험에 빠뜨렸습니다. 이에 대하여 엄중히 그 책임을 물어야 한다고 생각합니다."

"음."

레이놀즈 국무장관의 주장에 슈왈츠 대통령은 작게 신음을 흘렸다.

일견 그 말이 맞는 듯하지만 먼저 자신들이 사전에 북한의 정보를 취득하고 그것을 한국 정부에 알리지 않은 것이 생각났기 때문이다.

자신들이 먼저 정보를 알려주지 않았으면서 한국 정부가 위급 상황을 알고 군사작전에 들어간 것에 대하여 책임추궁을 한다는 것이 얼마나 언어도단인 것인지 알기 때문이다.

마치 똥 묻은 개가 겨 묻은 개를 나무라는 일이었기에 슈왈츠 대통령은 레이놀즈 국무장관의 말에 대답을 할 수 없었다.

"우리가 먼저 정보를 차단했는데, 그것에 대해선 그들이 어떻게 받아들일 것인지는 생각해 봤나?"

슈왈츠 대통령은 리노 레이놀즈 국무장관의 말에 둘러 자신들 미국이 정보 차단을 한 것에 대해서 먼저 잘못한 것은 어떻게 할 것인지 물었다.

하지만 이미 한 가지 생각으로 이성을 잃은 레이놀즈 국무장관의 귀에는 그런 대통령의 이야기가 들어오지 않았다.

그리고 그건 자신들의 실수를 인정하지 않은 다른 위원들의 지원 속에 한국에 항의와 책임 추궁을 하는 것으로 일단락되었다.

"그게 여러분들의 의견입니까?"

존 슈왈츠 대통령은 최종적으로 위원들의 의견을 다시 한 번 확인하기 위해 물었다.

그러자 자리에 있던 NSC위원들은 한국에 책임을 묻는 리노 레이놀즈 국무장관의 의견을 지지 선언을 하였다.

그런 위원들의 모습에 다시 한 번 슈왈츠 대통령은 NSC위원들 안에 자신을 배제하려는 움직임이 있다는 생각을 상기하게 되었다.

83살의 박노식은 파주 임진강이 보이는 장파리에 살고 있었다.

박노식의 원래 고향은 임진강 건너 황해도 장단면이었다.

정말로 임진강만 건너가면 고향 땅이었지만, 70년이 넘는 기간 동안 고향을 가 보지 못했다.

그것은 민족의 비극인 6.25사변 때문이었다.

어린 나이에 형을 따라 돈을 벌기 위해 서울로 온 뒤 얼마 지나지 않아 전쟁이 나고 말았다.

그 때문에 박노식 할아버지는 고향에 가지 못하였다.

물론 남북 적십자의 도움으로 이산가족 찾기를 통해 북한에도 가 보고 북한에 남아 있는 친지도 만나 보았다.

하지만 박노식 할아버지가 정작 보고 싶은 사람은 만나지 못했다.

어린 나이에 가정 형편 때문에 학교도 가지 못하고 형을 따라 객지로 돈 벌러 가는 어린 아들을 눈물로 배웅하던 어머니를 끝내 만나지 못한 것이다.

오늘도 집 평상에 앉아 임진강을 쳐다보고 있었다.

죽기 전에 고향 땅을 한번이라도 밟아 봤으면 하는 것이 소망이지만 그것이 언제 이루어질지 몰라 눈앞이 막막하였다.

사실 박노식 할아버지는 어린 자신을 데리고 내려온 형을 원망한 적도 있었다.

그렇지만 그 시절에는 살기 위해선 어쩔 수 없었다는 것을 알기에 이해할 수밖에 없었다.

그러던 형도 한 많은 세상을 떠난 지도 언 10년이 되어 간다.

죽기 전 병상에 누워 자신의 손을 잡고 했던 형의 유언이 아직도 귓가에 선했다.

"넌 꼭 고향에 가서 아버지 어머니 무덤에 내 대신 제주(祭酒) 한잔 꼭 올려 드려라. 알았지?"

임진강을 보며 당시 형의 유언을 생각하자 자신도 모르게 핑 눈물이 돌았다.

따르릉! 따르릉!

강물을 보며 고향 생각, 오래전 분단으로 헤어진 부모님 생각을 하고 있을 때 전화벨 소리가 울렸다.

아무리 시대가 바뀌어도 박노식 할아버지는 전화벨 소리를 바꾸지 않았다.

컬러링이니 해서 유행가를 전화벨 소리로 하는 사람들이

있지만 고전적인 전화벨 소리를 들을 때면 자신이 아직 살아 있음을 인식할 수 있기 때문이다.

벨 소리는 고전적이지만 전화기는 현대식 전화기였다.

영상을 통해 얼굴을 보면서 통화를 할 수 있는 화상 전화기 너머에 큰아들 정식의 얼굴이 보였다.

"또 뭔 일로 전화를 한 거여? 난 네가 뭐라 해도 집을 떠날 생각이 없다."

요 근래 북한의 동향이 심상치 않다는 뉴스가 연일 보도되면서 자식들이 위험하니 자신들이 사는 곳으로 올라오라고 성화가 심했다.

하지만 박노식 할아버지는 자신의 살날이 얼마 남지 않았다는 것을 알기에 그나마 고향인 장단면과 가까운 이곳 파주에서 떠나지 않겠다고 하였다.

그 때문에 자신을 설득하기 위해 큰아들이 전화한 것으로 생각한 할아버지는 대뜸 집을 떠날 생각이 없음을 알렸다.

—아버지! 그것이 아니라 얼른 TV, TV! 켜 보세요.

"티비? 티비는 왜?"

박노식 할아버지는 갑자기 전화로 다짜고짜 TV를 켜라는 큰아들의 말에 의아해하였다.

무엇 때문인지는 모르겠지만 무척이나 다급하게 TV를 켜라는 아들의 말에 고개를 갸웃거렸다.

—아버지 얼른이요. 지금 난리 났어요.

"난리? 설마 북한이 전쟁이라도……."

— 그게 아니라 아무튼 얼른 TV 켜 보세요.

박노식 할아버지는 아들이 난리가 났다고 하자 덜컹 가슴이 내려앉는 느낌을 받았다.

그래서 혹시나 전쟁이 난 것은 아닌가 걱정이 되었는데, 큰아들은 그건 아니라고 하며 계속해서 TV를 켜라고만 하였다.

이에 이상한 생각이 든 박노식 할아버지는 고개를 갸웃거리며 거실에 있는 TV를 켰다.

그런데 TV가 켜지자 화면 가득 비둘기가 날아다니고 또 폭죽이 터지는 화면이 보이더니 뉴스 속보라는 문구가 커다랗게 화면을 덮고 있었는데, 그 글씨를 본 박노식 할아버지는 '억!' 소리와 함께 자신도 모르게 만세를 부르기 시작하였다.

"만세! 흑흑, 만세!"

—대통령님의 성명에 의하면 북한이 전쟁을 힐책하려던 정보를 알아내고 특수부대를 북한에 침투시켜 북한의 김장은을 비롯한 북한 지도부를 모두 잡았다고 합니다. 그리고 이번…….

TV화면에는 계속해서 폭죽이 터지고 있었고 아나운서는 계속해서 청와대에서 소식이 전해지는 대로 정보를 알리겠다며 떠들어 대고 있었다.

박노식 할아버지는 더 이상 뉴스가 귀에 들어오지 않았다.

그렇게 염원하던 통일이 이루어진 것이다. 이런 생각이 든 할아버지는 급히 어디론가 전화를 하였다.

자신과 비슷한 처지에 놓인 동향 사람들에게 소식을 전하려는 것이다.

물론 그들도 TV 보고 있다면 얼마 안 있으면 고향에 갈 수 있다는 사실을 알 것이지만 그래도 일단 연통을 넣었다.

3.
중국의 도발

평양방위 사령부 건물에 북한 공산당 깃발이 걸려 있어야 할 곳에는 평상시와 다르게 태극기가 힘차게 펄럭이고 있었다.

그리고 평양 거리에는 사람들의 통행이 일체 보이지 않고 있었다.

그 이유는 다름이 아니라 북한 전 지역에 계엄령이 떨어졌기 때문이다.

옛 북한 지역은 국군에 점령이 되었고, 북한 전 지역은 군정이 실시되었다.

그도 그럴 것이 북한군 지휘관 중 일부가 북한이 국군에 의해 지도부는 물론이고 전 지역이 점령이 된 것을 알고 살 길을 찾아 도망을 쳤기 때문이다.

그 때문에 도망친 북한군 지휘관들을 붙잡기 위해 현상수배가 내려졌다.

이는 국군은 물론이고, 방송을 통해 북한 주민들에게도 해당 되어 수배가 내려진 자들을 신고를 하거나 숨어 있는 곳을 국군에 제보를 하면 포상을 하겠다며 수배를 하였다.

이 때문에 북한에서는 때 아닌 검거 열풍이 불기 시작하였다.

하지만 그것도 평양이나 인근 지역은 예외였다.

이 지역은 기존 북한 정권이 집권하던 지역이다 보니 혹시나 군정에 불만을 가지고 도망친 북한군 지휘관을 숨겨 줄 수도 있기에 오래전 사라진 야간 통행금지를 실시하였고, 또 주간에라도 불심검문을 철저히 하였다.

그렇기에 평양에서 낮이라도 거리를 다니는 사람들을 보기 힘들었다.

특히나 당 간부 가족들이 살던 대동강 지역은 사람들의 왕래가 더욱 없었는데, 그도 그럴 것이 그 지역은 당 간부들이 살던 부자 동네였다.

그런데 국군이 북한을 점령하면서 가장 먼저 간부들을 붙

잡아 갔으니 당연 그 가족들은 괜히 군인들에게 잡혀 갈까 움직이지 못한 것이다.

그러다 보니 평양 지역은 북한 그 어느 지역보다 사람보기 힘든 지역이 되고 말았다.

부웅!

군인들의 통제로 아무도 다니지 않는 거리에 자동차의 배기 음이 들렸다.

때 아닌 자동차의 소리에 거리 곳곳에 세워진 초소에 있던 경계병들의 눈빛이 빛나기 시작하였다.

국군이 북한 지역을 통제하면서 야간 통행금지 시간이 이 늦은 시간에 자동차 소리가 들린다는 것은 뭔가 일이 생겼다는 것을 의미하기 때문이다.

그 일이 좋은 일이든 아니면 나쁜 일이든 일단 자동차가 자신들의 앞에 나타나면 일단 검문을 실시해야만 했다.

그런데 국군이 북한 지역을 점령했다고 하지만 아직 국군에 항복을 하지 않고 산 깊은 곳에 들어가 대항하는 전 북한군들이 없는 것도 아니기에 긴장을 하였다.

척!

경계를 하고 있던 것을 전방에서 다가오는 자동차 불빛이 비치는 곳에 고정하고 소리쳤다.

"정지!"

끼익!

정지라는 명령에 자동차가 멈추자 군인은 야간 경계 수칙대로 자동차에 대고 지시를 내리기 시작하였다.

"라이트 꺼! 운전자 앞으로!"

명령을 하면서도 군인은 긴장을 늦추지 않았다.

차 안에서 나온 사람이 무슨 짓을 할지 모르기 때문에 더욱 긴장을 하였다.

아직 차에 타고 있는 사람이 아군인지 적인지 아직 구분이 되지 않은 상태이고, 또 이곳이 얼마 전까지 주적(主敵)으로 지목됐던 북한의 수도가 아닌가. 그러니 잔뜩 긴장을 하고 있었다.

비록 초소에 자신 말고 또 다른 동료가 있다고 하지만 그 또한 긴장을 하고 있음을 잘 알고 있었다.

그렇기에 자신의 안전은 자신이 지켜야 한다는 생각에 만약 차에서 내리는 이가 조금만 이상 행동을 한다면 동포고 뭐고 총을 쏠 준비를 하였다.

부웅!

"박사님, 언제까지 평양에 묶으실 것입니까?"

김갑돌은 자동차를 운전하며 뒷자리에 타고 있는 수한에게 질문을 하였다.

수한과 라이프 메디텍 보안대는 작전이 SA대원과 합동 작전을 하여 북한 지도부를 모두 붙잡고 작전이 끝났지만 아직 집으로 돌아가지 않고 평양에 남아 있었다.

수한이 이들 보안대와 평양에 남아 있는 이유는 사전에 대통령과 약속한 것을 이행하기 위해 사전 조사를 위해서다.

수한은 윤재인 대통령과 많은 이야기를 하였는데, 북한을 점령한 뒤 후속 조치에 관한 이야기였다.

북한은 김성일을 비롯한 그 자식과 손자까지 3대가 통치를 하면서 경제가 파탄이 나고 말았다.

자신들의 권력 기반을 공고히 하기 위해 군대를 양성하는 것에만 치우친 정책을 벌였다.

그 때문에 북한의 주민들의 삶은 군대를 위해 모든 것을 희생해야만 하였다.

더욱 기가 막힌 것은 북한의 경제권은 평양에 집중이 되어 있으며, 평양에는 북한 인구의 10%가 거주를 하고 있다.

이들 10%를 위해 북한 주민 90%는 지방에서 착취를 당하면서도 그것이 당연한 것으로 알고 생활을 하고 있다.

이 모든 것은 김부자 3대가 자신들의 권력을 굳건히 하기 위해 실시한 세뇌 교육의 산물이었다.

굳건하던 북한에 변화의 바람이 불기 시작하였다.

그런데 굳건하던 김부자의 집권에 새로운 바람을 집어넣은 사람들은 아이러니하게도 김부자가 자신들의 권력을 굳건히 하기 위해 많은 혜택을 주며 가까이 두었던 당 간부들에게서부터 불어 온 것이었다.

북한 주민들에게는 관리하기 편하게 우민 정책을 펼쳤다.

하지만 국가를 운영하기 위해선 중앙의 일을 할 엘리트도 필요했기에 자신의 측근들을 외국에 보내 필요한 교육을 시켰다.

외국 유학을 갔다 온 당 간부나 간부의 자식들이 당의 요직에 앉아 김부자를 보좌하면서 북한의 현실과 외국을 비교하며 느꼈다.

자유를 알게 된 간부들은 서서히 김부자가 자신들을 속이고 있다는 것을 깨닫게 되었다.

물론 일부 간부들은 김부자의 세뇌에 푹 빠져 헤어 나오지 못했다.

하지만 외국 유학을 다녀온 간부들 사이에서 북한의 현실

이 외부에 알려지는 그 과정에서 외부의 세계가 자신들의 지도자인 김부자가 알려 준 것과 다르다는 것을 깨달았다.

그런 과정에서 알게 된 사람도 있고 먹고 살기 위해 국경을 넘어 중국을 왕래하다 알게 된 사람들도 있었다.

아무튼 북한 주민들은 자신들이 그동안 속고 살아왔다는 것을 깨닫고 불만들이 솟아나고 있었다.

사실 북한 지도부가 중국의 의도를 알면서도 남한과 전쟁을 준비한 것도 이런 북한 주민들의 불만이 더 이상 방치할 수 있는 수준을 넘었다는 것을 알았기 때문이기도 했다.

계속되는 가뭄과 식량난 그리고 연료난으로 인해 1년에 수백 명, 아니, 수천 명이 죽어 나가고 있었기에 언제 쿠데타가 일어나 정권이 전복될지 모르기에 어차피 죽는 것 이판사판이라는 생각이었다.

이러한 내막을 알기에 한국 정부도 비밀 작전을 하면서도 후속 조치에 관해 많은 고민을 하였다.

그래서 나온 것이 북한의 경제가 남한의 경제와 버금갈 정도로 회복할 때까지 군정을 하기로 하였다.

즉, 통일은 되었지만 당분간 북한 지역과 남한지역을 바로 합치는 것이 아니라 분리해 운영을 한다는 방침이다.

물론 군정을 한다고 해서 군인들이 통치를 하는 것이 아니라 언제 어느 때 무슨 일이 벌어질지 모르는 북한이기에 군인들이 안정될 때까지 치안 및 행정을 담당하는 것이다.

그리고 북한 지역의 경제를 끌어올리기 위해 많은 기업들의 참여를 독려할 계획이다.

그 일환으로 가장 먼저 수한의 라이프 메디텍이 진출을 하기로 협의했다.

라이프 메디텍을 먼저 북한 지역에 진출할 수 있게 한 이유는 북한의 낙후된 의료 시스템으로 인해 많은 북한 주민들이 죽어 가고 있기 때문이다.

하다못해 파상풍 약이 부족해 상처를 입어도 치료를 하지 못하고 목숨을 잃는 이들이 많았다.

그러니 종합 의료 회사인 라이프 메디텍이 북한의 진출을 하겠다고 했을 때 윤재인 대통령으로서는 두 손을 들고 환영을 하였다.

불감청고소원(不敢請固所願)이라고 했다.

간절히 바라고는 있었지만 위험한 북한 지역에 들어가려는 기업이 쉽게 나타나지 않을 것이라 생각했다. 수한이 먼저 제안을 하니 윤재인 대통령으로서는 기쁘기 그지없었다.

지금이야 특수부대를 이용해 기습을 통해 통일을 했다고 하지만 아직 진정한 통일을 하기 위해선 갈 길이 멀었다.

수한이 북한을 점령하기 전에 먼저 이런 합의를 했지만 정작 북한 지역을 국군이 접수를 한 지금도 아직까지 선뜻 나서서 북한 지역에 진출을 하겠다는 기업은 나오지 않고 있었다.

물론 일부 기업들은 위험을 감수하려는 기업도 있었지만, 그런 기업들은 대부분이 개정에 입주하고 있던 기업들이다.

개성공단에 입주했던 기업들은 2013년 1차 출입통제를 겪었을 때에도 무척이나 고생을 했다.

정부의 대북사업의 일환으로 참여를 했던 그들 기업들은 2013년 당시 엄청난 피해를 겪었고 일부 기업은 도산을 하기도 하였다.

그런데도 개성공단에 입주한 기업들은 다른 곳으로 공장을 이전할 수가 없었다.

처음 공단에 입주를 할 때 정부와 협의를 통해 보조를 받았기 때문이었다.

더욱이 북한 정부도 개성공단에 입주한 기업으로부터 벌어들이는 돈이 상당하여 이들의 이주를 허락하지 않았다.

볼모 아닌 볼모로 있던 이들 기업들은 2022년 10월부터 시작된 2차 출입통제로 인해 1년여를 초조한 마음으로 기다릴 수밖에 없었다.

이 2차 출입통제는 전적으로 북한 김장은이 남한 정부에서 군 장비 현대화에 많은 예산을 집행하자 그에 불만을 품고 일방적으로 통보를 하며 벌어졌다.

이번 2차 출입통제는 2013년 1차 출입통제보다 더 장기화 되었고, 또 미사일 발사는 물론이고 휴전선 인근 부대의 전진배치로 전쟁 직전까지 갔었다.

언제 개성공단으로 돌아갈 수 있을지 모르는 긴박한 상황이었다.

그러니 한국이 북한의 점령했다는 소식이 들어오자 바로 개성공단의 출입을 풀어 줄 것을 정부에 요청을 한 것이다.

하지만 아무리 개성공단에 입주한 기업이라고 하지만 현재 북한 지역은 완전하게 치안이 통제되고 있지 않은 곳이다.

도망친 전 북한군 지휘관과 군인들이 게릴라전을 펼치고 있기 때문이다.

만약 이들 기업이 개성공단으로 들어갔다가 그런 게릴라들에게 붙잡혀 인질이라도 된다면 큰 낭패다.

사실 이런 문제 보다 대한민국 정부에 가장 큰 문제는 한반도를 둘러싼 주변국의 이해 없이 단독으로 작전을 펼쳐 통일을 이룬 것, 그것이 현재로 가장 큰 위험 요소였다.

물론 명분은 대한민국 정부에 있지만 국제사회에서 명분보

다 우선인 것이 힘이다.

그런데 한반도를 둘러싼 국가들은 그 면면이 대한민국보다 강대국들이었다.

더욱이 중국은 막대한 비용을 들였지만, 북한이 순식간에 한국에 점령이 되면서 닭 쫓던 개 신세가 되고 말았다.

자신의 욕심을 채우기 위해 북한을 지원하였는데, 그 뜻을 이루지도 못하고 지원을 받은 북한이 망해 버렸으니 그 본전을 어디서 찾을 것인가.

또 가깝고도 먼 나라 일본 또한 대한민국이 통일 된 것이 썩 달갑지 않을 것이다.

독도를 두고 첨예하게 갈등을 야기하고 있는 상태에서 한국이 북한을 점령하면서 손에 넣은 북한이 가지고 있던 핵무기와 탄도미사일이 위협으로 다가오기 때문이다.

그리고 이는 한국의 동맹인 강대국 미국도 마찬가지다.

그동안 북한으로부터 한국을 보호해 준다는 명분으로 많은 이득을 보고 있었는데, 그 명분이 사라진 것이다.

그뿐 아니라 최근 한국의 군사과학 분야는 미국도 감히 아래로 볼 수 없을 정도로 강력한 신무기들이 개발되고 있었다.

플라즈마 실드 발생장치라는 전무후무한 첨단무기는 미국도 수입해 쓸 정도이니 말 다한 것이다.

그나마 한국이 북한을 점령한 것에 별로 신경을 쓰지 않는 것은 러시아뿐이다.

러시아는 자국 경제를 살리는 데 주력하느라 정신이 없는 상태이고, 또 북한이 동맹국이라 하지만 러시아로서는 북한이 썩 달갑지 않은 동맹이었다.

동맹으로서 힘은 되지 않고 그저 골치 아픈 이웃이었을 뿐이다.

힘도 없으면서 큰소리만 치는 공수표만 날리는 그런 이웃 말이다.

그런 북한보다는 경제 성장력이 뛰어난 한국이 차라리 러시아에게는 더 나은 이웃이 될 수 있었다.

아무튼 한국으로서는 현재 상황으로는 주변국의 눈치를 보지 않을 수 없다.

그렇기에 그 어떤 빌미를 주변국에 주지 않기 위해 최선을 노력을 하는 중이다.

그런데 수한이 소유한 라이프 메디텍은 사전에 협의를 한 것도 있지만 정부가 수한의 제안을 허락한 이유는 바로 라이프 메디텍의 보안대의 능력 때문이다.

대한민국에서 정식으로 허가를 받은 단체 중에서 라이브 메디텍의 보안대보다 전투력이 뛰어난 곳은 그 어디에도 없었다.

재계 서열 1위인 성삼그룹의 보안팀도 라이프 메디텍의 보안대와 비교하면 태양 앞의 반딧불이다.

무너진 일신그룹을 집어삼키며 20위권이던 순위에서 단숨에 10위권 안으로 진입한 천하그룹의 무력도 라이프 메디텍의 보안대와 비교하기에는 손색이 있었다.

천하그룹의 무력은 대한민국 재계는 물론이고 암흑가에서도 알아주는 것이었지만 비교 대상이 되지 못했다.

막말로 천하그룹에는 방위산업체를 가지고 있으며 마음만 먹으면 각종 무기를 가질 수 있지만 한 가지 라이프 메디텍의 보안대가 가진 게 없었다.

그것은 바로 라이프 메디텍에서만 개발하고 보안대와 정부의 특수부대인 SA부대원만 지급하고 있는 파워슈트였다.

단순히 미국이나 선진국에서 개발하는 신체의 능력을 소폭 향상시켜 주는 정도가 아니라, 몇 배의 능력을 향상시켜 주며 그 외에도 특수기능을 가지고 있었다.

그렇기에 정부도 불안정한 북한 지역의 치안 사정에도 불구하고 라이프 메디텍의 북한 지역 진출에 환영의 뜻을 표한 것이다.

이뿐 아니라 라이프 메디텍의 실질적인 주인이 수한이란

것을 잘 알고 있는 윤재인 대통령은 수한을 통해 재계서열 5위인 천하그룹도 북한 지역 발전에 끌어들일 생각을 하고 있었다.

수한과 천하그룹과의 관계가 단순 혈연관계 이상으로 끈끈하다는 걸 알기 때문이다.

막말로 요 근래 천하그룹에서 생산되는 물건들 중 히트를 친 물건들 중 수한의 손이 가지 않은 것이 없었다.

다목적 휴대용 미사일이나 신형 순항미사일과 얼마 전 시험에 성공해 실전배치 되기 시작한 탄도 미사일 요격 시스템, 그리고 최고의 히트는 바로 플라즈마 실드 발생장치다.

플라즈마 실드 발생장치는 세계 최초로 개발된 첨단 무기로 전략 무기였지만, 미국과 판매 협정을 맺고 1차 1,600억 달러라는 엄청난 금액의 수출 계약을 하였다.

그 혜택으로 대한민국도 엄청난 이득을 취했는데, 대한민국 국군은 신형 전투기와 전투기 생산 시설 그리고 그토록 소원하던 항공모함을 가지게 되었다.

물론 그뿐만이 아니었다.

상대적으로 주변국의 해군 군함에 비해 낙후되었던 함정들을 대체하기 위해 신형 함정들이 건조에 들어갔다.

이 모든 것이 천하 디펜스에서 플라즈마 실드 발생장치를

미국에 판매한 금액의 일부를 기부하였기에 이루어진 것들이다.

수익의 일부로 이런 엄청난 물품을 구입해 기부할 정도면 기업 내에 유보금도 상당히 준비된 상태일 것이다.

정부는 이런 천하그룹이 보유한 유보금을 북한 지역 발전에 사용하기를 고대하는 중이다.

물론 그에 따른 기업의 이익도 충분히 보장해 줄 계획이다.

북한은 다른 것은 모르지만 화학과 미사일 발사체 등 군사력과 관련된 부문은 무척이나 발전해 있다.

특히나 탄도미사일 분야에서는 한국이 따라오지 못할 정도로 뛰어나다.

그러니 천하 그룹이 북한 지역 발전 계획에 참여를 한다면 충분히 이득을 볼 것이란 생각에 수한을 통해 의사를 타진하였다. 그리고 천하그룹에서도 긍정적으로 검토를 하는 중이다.

아무튼 수한은 대한민국 기업인 그 누구보다 먼저 북한 지역에 진출을 하였고, 현재 평양 인근에 라이프 메디텍의 공장을 건설 중이다.

기존 북한 제약사의 시설을 그대로 이용하는 것이기에 조만간 그곳에서도 라이프 메디텍의 약품이 생산될 것인데, 가장 먼저 생산되는 것은 공전의 히트를 친 외상치료제 뉴 라이프다.

뉴 라이프가 생산이 되면 추가로 각종 영양제와 비상 상비약을 생산할 것이다.

그렇기에 오늘도 늦게까지 현장에서 하루라도 빨리 공장을 정상 가동하기 위해 진두지휘를 하고 숙소로 오는 중이다.

초소의 군인이 정지 신호를 보내고 신분을 묻자 김갑돌은 차에서 내려 통행증을 보여 주었다.

아무리 통행증이 있다고 하지만 야간이라 자칫 잘못했다가는 어떤 불상사가 벌어질지 모르는 일이기에 최대한 천천히 경계병이 흥분하지 않게 군인의 지시를 따랐다.

품에서 통행증을 보여 주자 잔뜩 경계를 하던 군인은 김갑돌이 내민 통행증을 들고 초소로 들어왔다.

초소에는 또 다른 군인이 수한과 김갑돌이 타고 온 자동차를 경계하고 있었으며, 초소 안에는 이들 말고도 대기를 하는 초병이 네 명이나 더 있었다.

김갑돌에게서 통행증과 신분증을 받아 온 군인은 하사 계급장을 달고 있는 초소장에게 그것들을 보여 주었다.

"김 하사님, 이것 좀 확인해 주십시오."

"뭐야?"

김 하사라 불린 군인은 초병이 가져온 통행증과 신분증을 확인하였다.

신분증과 통행증을 본 그는 일단 보기에 하자가 없자 어디론가 전화를 걸었다.

"필승! 통신보안! S1초소입니다. 허가번호 KR011L200, 차량번호 99가 0001 조회 바랍니다."

통행증의 번호와 초소 앞에 정지해 있는 차 번호를 불러주며 조회를 하였다.

김 하사는 이곳 초소장을 맡으며 규정대로 상부에 보고를 하여 통행증이 정상 발급 된 것인지 그리고 차량 번호를 조회하여 허가 받은 사람이 타고 있는 차량이 맞는지 조회를 하는 것이다.

통행증이 정상으로 발급이 되었어도 혹시나 그것을 불온한 이들이 편취(騙取)를 하여 이용하는 것은 아닌지 알기 위한 조치다.

"알겠습니다. 필승!"

상부와 통화를 하여 조회를 마친 그는 경례를 하고 전화기를 내렸다.

통행증과 차량은 공식적으로 등록이 된 통행증이 맞고 또 차량 번호도 통행증에 맞는 번호가 맞았다.

"확인된 이들이다. 통과시켜!"

"알겠습니다."

처음 검문을 한 초병은 김 하사가 통과시키라는 말에 다시 통행증과 신분증을 가지고 김갑돌에게 돌아갔다.

"여기, 수고하십시오."

"네, 고생들 하십시오."

초병이 통행증과 신분증을 돌려주자 김갑돌은 그것을 받고 인사를 하며 차에 올랐다.

부웅!

김갑돌이 차에 오르고 차에 시동을 걸고 곧 초소 앞에 설치된 바리케이드가 내려가며 도로가 열리자 초소 앞에 정지되어 있던 차는 출발을 하였다.

한편 정지된 차 안에서 초소와 군인들을 지켜보고 있던 수한은 고개를 살짝 끄덕였다.

수한이 듣기론 대한민국 군인들의 군기가 빠져 당나라 군대라는 표현을 하는 것을 들었다.

그런데 지금 겪어 보니 근무를 서고 있는 군인들은 정석대로 정확하게 근무를 하고 있었다. 어디에 그런 빠진 군기가 있는지 알 수가 없었다.

사실 수한은 병역 의무를 대신해 대체 복무를 하지 않았던가.

어떤 것이 낫다라는 말은 할 수 없는 것이지만 자신이 경험하지 못한 것에 대하여 수한도 동경이 없는 건 아니다.

물론 그때로 돌아간다고 해도 수한은 대체 복무를 하겠지만 어찌 되었든 소문으로 듣던 것과 다르게 군인들이 근무를 서고 있는 모습에 든든한 마음이 들었다.

'듣던 것과 다르네.'

확실히 소문은 믿을 것이 못되었다.

자신이 본 것만 가지고 전체 군인들을 평가할 수는 없는 것이지만 일단 본 것을 믿기로 하였다.

전생을 기억하고 있는 수한으로서는 그동안 경험한 것을 토대로 생각을 해 보았다.

자신이 살고 있는 이 나라를 어떻게 하면 잘살고 또 국민들이 평화롭고 행복하게 살 수 있을 지를 말이다.

그러면서 한편으로는 전생이나 현생이나 다를 것이 없다는 생각 또한 들었다.

'그곳이나 이곳이나 사회 지도층이 문제야!'

나라를 혼란에 빠뜨리는 이는 언제나 지도층이었다.

전생에서는 사회 지도층인 귀족들이 문제였고, 이곳에서는 재벌이라 불리는 부자들과 고위 공무원과 국회의원들로 분류되는 이들이 문제였다.

자신들의 이익을 위해선 그 어떤 것도 무시하는 그들이 문제였다.

개인의 작은 이득을 위해 국가의 기밀을 타국에 넘기고, 힘들게 신기술을 개발하여도 자본을 가진 재벌들은 개발자를 속여 기술을 뺏어 갔다.

국민의 대표라는 국회의원들은 다들 국민의 생활은 뒷전이고 자신들의 이득을 위해 이전투구를 하였다.

그리고 그건 국방을 지키는 군인들이라고 다르지 않았다.

현장에서 직접 몸으로 뛰는 초급장교까지는 정말로 나라에 충성하는 마음으로 싸우지만, 무궁화 계급장을 단 영관급이나 그 이상의 장성들은 그렇지 못했다.

물론 예외는 있었지만, 대다수 고위 지휘관들은 이미 군인이 아니었다.

군복을 입은 정치인들이 되어 있었던 것이다.

자신의 자리를 보전하기 위해 군의 중요 계획을 외부에 흘려 리베이트를 받거나 장비 도입 사업을 사전에 취득해 그것을 해당 기업에 팔아넘겨 막대한 손해를 입히기도 하였다.

그런데 하급 장교나 조금 전 초병과 같은 일반 병사들은 지휘관들이 강조하는 애국심을 고취하며 근무에 임한다.

그것을 보며 이런 말단에 있는 이들이 있었기에 그동안 대한민국이 지금까지 올 수 있었던 것은 아닌가 하는 생각이 들었다.

이런 것을 보면 인간 사회는 참으로 알 수 없는 혼돈의 법칙이 작용하는 것 같았다.

수한은 어떻게 차원이 다른 두 세계의 인간들의 행동 양식이 그렇게 닮아 있을지 알 수가 없었다.

전생에도 마도사였고, 현생에는 그 경지를 지나 지구 유일의 위자드인 지금에도 인간, 인간의 사회를 도저히 이해할 수가 없다.

만약 이런 것을 깨닫게 된다면 아마 9클래스 위자드의 경지를 넘어 정말로 인간의 경지를 완전히 벗어난 초월자의 경지로 들어설 것이란 생각이 들었다.

지금도 인간의 경지는 지난 수한이다.

무술로는 마스터급에 올랐고, 마법의 경지로는 위자드다.

과거로 회귀는 하지 못하지만 다른 인간들하고는 다른 시간대를 살아가는 수한이다.

남들이 1시간에 1~2가지 일을 한다면 수한은 그 시간에 수십 가지 일을 할 수 있다.

천재라는 범주를 벗어난 두뇌와 강인한 육체는 이미 초인(超人)이다.

솔직히 수한이 마음먹기에 따라 세계 군사력의 판도가 바뀔 것이다.

굳이 플라즈마 실드 발생장치나 탄도미사일 요격시스템 같은 것을 만들 필요 없이 직접 마법을 사용해 적대국으로 판단된 나라에 침투를 하여 군사 시설을 파괴한 다음 항복을 받아 낼 수도 있다.

하지만 그렇게 하지 않는 것은 부모님 때문이다.

환생을 하고 부모의 정을 알게 된 수한은 이 세상에 전생과 같은 마법은 소설이나 신화에나 나오는 것을 알게 된 뒤로 그런 자신의 능력을 숨겼다.

그리고 뛰어난 두뇌를 이용해 지구의 과학을 공부해 과학이 인정하는 범주, 아니, 인간들이 인정할 수 있는 범주 내에서만 자신의 능력을 보이고 있었다.

그래야 자신의 행복이 깨지지 않을 것을 알기 때문이다.

전생이고 현생이고 인간들은 자신들이 인지하는 범위를 벗어난 일에 대하여 무척이나 배타적인 모습을 보인다.

전생도 그렇고 현생에도 인식의 범위를 벗어난 존재들은 과거에는 마녀다, 악마숭배자다, 하는 누명을 쓰고 비운에

사라졌다.

현대에는 인류를 멸망시킬 악마 내지는 미치광이 과학자쯤으로 매도를 하고 사회에서 매장을 시킨다.

그렇기에 수한은 자신의 능력 대부분을 숨기며 그중 일부만을 내보이고 있었다.

그렇지만 낭중지추(囊中之錐), 주머니 속에 들어있는 송곳처럼 수한의 뛰어남은 숨긴다고 숨겨지는 것이 아니다.

이미 그 천재성이 아기일 때 알려져 납치가 되었고, 탈출을 하여 숨어 있다 공부를 위해 미국에 유학을 갔을 때도 미국 정부의 감시를 받았다.

수한도 미국이 자신을 감시하는 것을 잘 알고 있다.

자신을 미국을 위한 사업에 활용하기 위해 학창 시절 무수한 회유를 하였다.

회유가 통하지 않았을 때는 협박도 하였지만 그런 것쯤이야 수한에게는 위협이 되지 못했다.

이런저런 생각을 하는 수한은 문득 이런 생각을 하는 자신이 웃겼다.

초병이 근무하는 것은 당연한 것이다. 그런데 그런 모습을 보며 그곳에서 뭔가 의미를 찾는 자신의 모습이 너무도 웃긴 것이다.

'내가 너무 감상적으로 생각한 것 같군!'

생각해 보니 수한은 자신이 너무도 감상적인 상태가 되었다는 생각이 들었다.

수한이 그런 생각을 하고 있을 때 그가 탄 차는 언제 도착했는지 평양 최고급 호텔인 고려호텔에 도착을 하였다.

◈ ◈ ◈

중국 공산당 권력자 중 한 명이 리창춘은 요 근래 큰 위기에 처했다.

조금 욕심을 부린 것이 화근이 되어 숙청이 될 위기에 처한 것이다.

물론 명분은 북한에 잘못된 원조를 해 주어 국가에 큰 손해를 끼쳤다는 것이었지만, 그 내면에는 권력 투쟁에서 밀려난 것이 주원인이다.

당내 서열 4위라는 위치에 만족하고 있던 그에게 같은 국무원 소속 부총리 위청산이 은밀한 제안을 해 왔다.

태자당의 위청산은 비록 자신보다 직급이 낮지만 막대한 부를 가지고 있었다.

사실 태자당은 중국에서 당, 정, 군 원로나 고위 간부의 자제를 일컫는 말로 공산주의 국가 전통을 갖고 있는 만큼 부모들이 간부였다는 것은 그만큼 성분이 좋기 때문에 중용되기도 한다.

또한 태자당은 혈연관계에다 혼인, 학교, 직장 등을 통해 그물망처럼 촘촘한 '관시(關係)'를 맺으며 중국의 정계, 관계를 주름잡고 있다.

다만 태자당이란 용어 자체가 부모의 권력을 이용한 부정부패와 비리의 주인공이라는 부정적 의미로 쓰이기에 리창준은 그를 만나는 것을 조금은 꺼려하였다.

그렇지만 언제까지 주진평의 뒤에서 그의 뒤치닥거리만 할 것이냐는 말에 넘어가고 말았다.

아니, 아닌 말로 사내로 태어났다면 의당 권력에 도전하는 것은 당연한 것이라 생각하였다.

그러는 한편 주진평이 지금 주석의 자리에 있는 것도 사실 자신과 동지들의 도움이 있었기에 가능했다고 자위를 하면 위청산과 어울렸다.

하지만 그 이면에는 위청산이 가지고 있는 부가 부러웠던 것이다.

아무튼 태자당의 위청산과 어울리다 보니 많은 이득을 보기도 하였다.

그렇지만 그것이 독이든 독배였다는 것을 깨닫기까지 그리 오랜 시간이 걸리지 않았다.

모든 일에는 '기브 앤 테이크' 다.

이런 사실을 망각한 리창준은 위청산의 달콤한 유혹에 넘어가 공청단의 비밀을 하나둘 위청산에게 넘겨주었다.

그리고 그가 받은 것은 막대한 부였다.

그런데 이러한 사실을 공산당 최고 권력자인 주진평에게 들키고 말았다.

하지만 같은 공청단파인 자신을 부패혐의로 숙청하기에는 주진평에게도 좋은 일이 아니었기에 부패혐의가 아닌 정책 실패에 대한 책임으로 숙청을 하려는 것이다.

그런 주진평의 판단이 리창준에게 일말의 기회로 작용을 하였다.

만약 부정부패 혐의로 숙청이 되었다면 바로 권력의 자리에서 물러나야 했겠지만 현재 혐의가 정책 실패였기에 뒤집힌 것을 되돌리면 되는 일이었다.

그리고 그만한 힘은 아직 남아 있었다. 북한과 경계에 있는 심양군구는 아직 자신의 영향권에 있었기 때문이다.

심양군구의 전력이라면 충분히 한국군을 북한 땅에서 몰아낼 수 있을 것이라 생각한 리창준은 심양군구 사령령 심보령에게 명령을 내렸다.

전진시킨 부대에 국경을 넘으라는 명령을 말이다.

한국 대통령의 성명서의 경고는 귀에 들어오지도 않았다.

물론 그의 경고는 조금 섬뜩하기는 하였다.

어떻게 특수부대를 운영하였기에 한 번의 침투로 한 국가의 수뇌부를 무력화 시킬 수 있었는지 참으로 미스터리하고 두려운 일이었지만 현재 리창춘의 처지에 그런 위험은 눈에 들어오지 않았다.

더욱이 북한과 중국은 다르다고 생각하기에 자신에게 그런 위험은 없을 것이라 생각하며 배수의 진을 치듯 명령을 내린 것이다.

그리고 그건 심양군구 사령관 심보령도 리창춘과 비슷한 생각을 하고 있었다.

북한을 전복시킨 한국의 특수부대가 조금 신경이 쓰이기는 하지만 설마 그들이 자신의 군대까지 막을 수는 없을 것이라 판단하였다.

특수부대란 것은 특수 목적을 위한 소수 정예 집단이다.

그런 조직으로는 심양군구 같은 정규군을 상대하기는 힘들다.

그러니 심보령은 조금 신경이 쓰일 뿐이지 자신의 군대를 막을 전력은 한국에 없다고 판단했다.

사령관의 명령에 가장 먼저 출동한 것은 제29집단군과 제40집단군에 속한 전차부대였다.

이미 압록강 인근에 주둔하고 있었으면 북한의 요청이 있으면 바로 투입을 하기 위해 사전에 작전 계획이 수립되어 있었다.

북한이 요청을 하기도 전에 무너지면서 출동을 했던 39집단군과 40집단군은 이도저도 못하는 상태였다.

그런데 상부에서 그대로 작전 계획대로 밀고 내려가라는 명령이 떨어지자 바로 압록강을 넘기 위해 출동을 한 것이다.

사실 중국군 내부에서는 처음 북한과 국경인 압록강 인근에 출동을 하자 중국이 한반도를 정복하기 위해 자신들이 출동을 하는 것이란 소문이 났었다.

그러다 북한이 무너지면서 이도저도 아니게 되자 사기가 땅바닥으로 떨어졌다.

중국군 내부에서는 이번 기회에 한국을 점령하고 아름다운 한국의 미녀들을 겁탈할 생각에 흥분했었는데, 그런 계획이 실천되지 못할 것 같자 사기가 떨어진 것이다.

그런데 다시 명령이 떨어지자 압록강 인근에 대기하던 중국군은 명령이 철회될지도 모른다는 생각에 긴급하게 출동을 하였다.

한편 이런 중국 심양군구의 사정을 모르는 한국군은 여느 때처럼 국경을 경비하였다. 또 일부는 아직도 잡히지 않는 전 북한군 지휘관들을 찾기 위해 전국을 뒤지고 있었다.

대한민국 육군본부 지하 벙커.

위잉! 위잉!

"뭐지?"

육군본부 지하에 설치되어 있는 위성 감시국 소속 윤한민 하사는 요란하게 울리는 사이렌 소리에 깜짝 놀랐다.

무엇 때문에 사이렌이 울리는지 알 수 없었기 때문이다.

그러다 화면의 한 지점이 붉게 물들어 있는 것이 보였다.

그것은 한반도 북쪽 중국과 접경 지역이었는데, 평소에 보이지 않던 무언가가 보였기 때문이다.

사실 화면에 붉게 표시된 것은 아군에 적대적인 세력을 표시한 것으로 한마디로 중국군이 압록강 인근에 집단으로 뭉쳐 있다는 소리였다.

원래 중국군은 보다 위쪽인 요녕성 영구와 금주에 주둔하고 있어야 한다.

그런데 지금은 주둔지를 벗어난 많은 군대가 압록강 인근에 뭉쳐 있었던 것이다.

윤한민 하사는 바로 상황을 인지하고 바로 보고를 하였다.

"통신보안! 위성감시국 하사 윤한민입니다. 코드 레드 발생! 코드 레드 발생!"

코드 레드 발생이란 말은 군사 용어인 데프콘을 보다 더 직접적인 분별코드로써 적대국의 움직임이 아국에 심각한 위기 상황을 초래할 경우 발생을 한다.

아직 중국과는 이렇다 할 마찰이 없는 상태에서 이런 급작스런 군사 행동을 보인다는 것은 무척이나 심각한 일을 초래할 수도 있겠지만 현재 중국이 가지는 위상을 보면 한국이 피해를 입고 국제 사회에 탄원을 낸다고 해도 이미 상황은 끝나 있을 것이기 때문에 그때 국제사회의 입장이 누구의 편을 들어줄지 모른다.

그러니 신속하게 대응을 하기 위해선 보다 빠른 보고 체계가 필요했고 윤한민 하사는 매뉴얼에 따라 신속하게 보고를 하였다.

윤한민 하사의 보고가 상부로 올라가자 전군은 데프콘 1이 발령되었다.

이미 중국 심양군구의 병력 일부가 압록강 인근까지 진출을 하였고 언제 국경 근처에 다다를지 모르기에 전군에 비상령을 발령한 것이다.

또 육본은 이 사실을 청와대에 신속하게 알렸다.

청와대를 육군본부에서 긴급으로 올라온 이 소식에 밤잠을 설치게 되었다.

다른 국가도 아니고 세계 군사력 2위의 중국, 심양군구의 병력이 압록강을 향해 내려오고 있다는 보고에 깜짝 놀랐다.

비록 중국군 전체가 움직인 것은 아니지만 심양군구의 병력만 해도 한국군 전 병력과 비슷한 숫자였다.

물론 한국군에는 구 북한군은 포함되지 않았다.

비록 한반도를 통일했다고 하지만 아직 전 북한군을 믿을 수는 없었다.

전 북한군 내부에는 아직 밝혀지지 않은 중국에 사대하는 군 지휘관들이 남아 있을지 모르기 때문이다.

도망친 지휘관도 아직 다 검거하지 못한 상태에서 중국군까지 국경 인근으로 내려오자 뒷목이 서늘해졌다.

그렇다고 청와대는 중국군이 압록강으로 밀고 내려온다고 놀라고만 있지는 않았다.

늦은 시각이지만 윤재인 대통령은 주한 중국대사를 청와대로 불러 엄중히 항의를 하였다.

중국 심양군구 병력이 아무런 통보도 없이 국경인근까지 대규모 병력을 운용하는 것은 명백한 도발 행위라고 항의를 한 것이다.

그렇지만 주한 중국대사 위진진은 뻔뻔스럽게 심양군구 제39집단군과 제40집단군이 기동하는 것은 연래 훈련이란 말을 하였다.

하지만 변명을 하는 위진진의 표정에선 당혹감이 묻어났다.

자신도 알지 못하는 상황이 발생했기 때문이었다.

다만 그것을 심양군구의 연례 기동 훈련이라고 변명을 하고 바로 청와대를 나와 북경으로 전화를 하였다.

연일 계속되던 북한의 도발을 신속한 작전으로 오히려 한반도 통일을 이룩하여 한반도에 평화를 가져왔는데, 중국 심양군구의 병력의 수상한 움직임으로 또다시 한반도에 전쟁의 불꽃이 피어올랐다.

4.
불안정한 한반도

대한민국 청와대 대통령 집무실.

저녁 늦은 시각 육군본부에서 올라온 코드 레드 상황으로 인해 NSC(국가안전보장회의)가 긴급하게 소집되었다.

그렇지만 NSC가 소집되었다고 해도 코드 레드 상황이 발생되었을 때 어떻게 해야 한다는 매뉴얼을 상정하였지만 그건 모두 이론일 뿐이었다.

한 번도 이런 상황을 겪어 보지 못한 위원들이었기에 정작 필요한 시기에 허둥대고 있었다.

그나마 침착한 이는 대한민국 정보를 책임지고 있는 국정원장과 국방부 장관뿐이었다.

하지만 군인 출신인 국방부 장관도 중국 그것도 중국군 최고라 평가를 받는 심양군구의 집단군이 국경 지역으로 밀고 내려온다는 소식에 긴장을 한 것은 마찬가지였다.

그저 군인 출신이다 보니 조금 더 대범해 다른 NSC위원들 보아 침착할 뿐이다.

“그래, 국방부 장관, 군의 대처는 어떻습니까?”

윤재인 대통령은 NSC를 긴급하게 소집하여 현 상황에 대한 군의 대처를 물었다.

그런 대통령의 질문에 김명한 국방부 장관은 더욱 표정을 굳히며 대답을 하였다.

“저희 군은 북한 지역 한 치의 땅도 저들이 넘어오는 것을 허락하지 않을 것입니다.”

단호한 김명한 국방부 장관의 말에 윤재인 대통령은 고개를 끄덕였지만 김명한 장관의 말을 들은 외교통상부 장관인 이박명은 얼른 그 말을 반박하였다.

“김 장관! 그러면 중국과 전쟁이라도 벌이겠다는 말입니까?”

“그럼 이 장관은 우리 대한민국이 우리 땅을 무력으로 침략하는 저들을 그냥 두고 봐야 한다고 생각합니까?”

자신의 말에 전쟁을 할 것이냐는 이박명 외교통상부 장관

의 말에 김명한 국방부 장관은 바로 그의 말을 반박하며 물었다.

그런 김명한 장관의 물음에 이박명 장관은 얼른 입을 다물었다.

이박명 장관은 그런 모습에 앉아 있던 다른 NSC위원들은 미간을 찡그렸다.

그도 그럴 것이 줏대가 약한 이박명 장관이 외교통상부의 장을 맡고 있는 것은 돼지 목의 진주와 같이 이치에 맞지 않는 인사였다.

다만 여야 균형 잡힌 인사를 하다 보니 이렇게 인사를 하게 되었고, 윤재인 대통령으로서는 언제나 정책의 발목을 잡는 이런 이박명 장관이나 국무총리인 고준이 썩 마음에 들지 않았다.

물론 그들의 말이 모두 틀린 말은 아니었다.

좌우 치우침 없이 규형 있는 정책을 펼치는 것이 국가 발전에 원동력이 되겠지만, 현재와 같이 긴급한 상황에서는 반대를 위한 반대만 하고 있으니 참으로 답답했다.

윤재인 대통령은 이박명 외교통상부 장관의 말에 이맛살을 찌푸리다 고개를 돌려 김세진 국정원장에게 시선을 돌리며 물었다.

"원장!"

"예, 각하!"

"원장이 보이게 어떻습니까? 정말로 중국이 전면전을 벌이려고 군대를 움직인 것입니까?"

대통령은 아무리 대한민국이 첨단무기를 개발하여 군 장비들을 교체를 하고 있다고 하지만 아직까지 대한민국의 군사력은 중국에 비해 열세였다.

계획한 일이 순조롭게만 진행이 된다면 언젠가는 중국을 넘어서지는 못하겠지만 충분히 한 방을 먹일 수 있는 정도로 발전할 수도 있다고 생각을 하였다.

그러면서도 아직은 아니란 생각을 하며 국정원장에게 질문을 하였다.

그런 대통령의 심정을 알고 있는 것인지 모르는지 국정원장의 표정에서는 어떤 것도 읽을 수 없었다.

하지만 국정원장은 일단 대통령의 질문에 대답을 해야 하기에 자신이 들은 정보를 대통령에게 바로 보고를 하였다.

"현재까지 들어온 정보에 의하면 그런 것 같지는 않습니다. 중국은 저희와 전면전을 할 준비가 되어 있지 않습니다."

"그런 것 같지 않다니? 그게 무슨 소리요?"

윤재인 대통령은 김세진 국정원장의 이야기를 듣고 고개를 갸웃거렸다.

군대가 움직였는데, 중국군이 대한민국과 전면전을 하기 위한 것이 아니란 말에 의문이 든 것이다."

"아무리 강대국이라 하지만 전쟁에는 명분이 필요합니다."

"그건 그렇지."

전쟁에 명분이 필요하다는 김세진 국장의 말에 대통령이나 다른 NSC위원들도 고개를 끄덕였다.

그건 맞는 말이었다.

아무리 강대국이라도 아무런 명분이 없이 전쟁을 벌였다가는 UN의 제재를 받게 된다.

그것이 UN상임이사국인 중국이라 해도 그건 마찬가지다.

그리고 조금은 모호해지긴 했지만 아직까지 한국과 미국은 동맹 관계에 있었고, 또 아직까지 한반도에는 주한미군이 주둔하고 있었다.

그런데 대한민국과 중국이 전면전을 한다고 한다면 절대 미국은 중국의 도발을 그냥 두고 보지 않을 것이다.

막말로 예전 북한이 있을 때는 북한을 핑계로 남한에 주둔을 하였지만 사실 미국이 북한을 견제하기 위해서라면 굳이 남한에 주둔지를 둘 필요가 없었다.

현대전은 1차 대전이나 2차 대전처럼 군이 마주 보고 총을 쏘는 등의 전쟁을 할 필요가 없다.

멀리 떨어진 안전한 벙커에서 간단하게 버튼 하나만 누르면 되는 버튼 전쟁이다.

원거리에서 성능 좋은 미사일을 퍼붓고, 폭격기로 폭격을 한 다음 전차와 장갑차를 앞세우고 들어가면 되는 것이다.

군인이 전투에 투입되는 시기는 이렇게 적이 강력한 무기에 무력화 되었다고 생각했을 때 투입이 된다.

그런데 중국은 그렇게 하지 않았다.

아무리 중국의 미사일들이 정확도가 조금 떨어진다고 하지만, 그건 어디까지나 미국이나 기술 선진국의 정밀 타격 무기에 비해 떨어진다는 것이다. 중국처럼 물량으로 쏟아 붓는 전술을 사용하는 중국에게는 그 정도는 일도 아니었다.

막말로 미국이나 서방세계의 국가들이 정밀 타격 미사일 1발로 목표를 파괴한다면 중국은 1발이 안 되면 2발 3발을 쏘면 되는 것이다.

그리고 정확도가 떨어지다 보니 여러 발을 사용하게 되고 그렇게 된다면 목표 지점 주변까지 넓게 피해를 입게 된다.

원하는 목적도 이루고 광범위 파괴로 인해 공포심도 가져다줄 수 있기에 중국의 지도자들은 이런 전술을 고치려 하지 않았다.

더욱이 중국의 미사일을 가격 대비 성능비가 그리 나쁘지 않았다.

즉, 정확도는 서방세계의 미사일보다 떨어지지만 가격이 싸 여러 발을 발사 할 수 있어 결과적으로 똑같은 목적을 이루면서 파괴 범위를 넓다는 장점이 있다.

그런데 이번 중국은 이런 통상적인 현대전이 아닌 오래된 낡은 전술을 들고 내려왔다.

그 때문에 국정원에서도 이런 중국의 행동을 어떻게 파악하기 위해 고심을 하였다.

중국이 무슨 생각으로 심양군구의 병력을 움직여 국경을 넘으려고 하는 지, 그 저의를 알지 못해 골치가 아팠다.

적의 의도를 알아야 그에 맞게 대응을 할 것인데 적의 의도를 아직 파악하지 못하니 자칫 잘못해 적의 의도한 것 이상의 반응으로 정말로 전면전이 벌어진다면 대한민국으로서는 큰일이 아닐 수 없다.

그러니 한시라도 빨리 중국의 의중을 파악해야만 하였다.

그런 생각에 윤재인 대통령은 다시 시선을 돌려 이박명 외교통상부 장관에게 질문을 하였다.

"중국 대사와는 이야기해 봤습니까?"

"예, 그런데 대사는 제대로 된 정보를 가지고 있는 것 같지 않았습니다. 저희가 항의를 하니 당황하였습니다."

"그래요?"

외교통상부 장관인 이박명의 대답에 윤재인 대통령은 고개를 끄덕였다.

이박명 외교통상부 장관의 말이 사실이라면 심양군구의 행동이 중국 정부의 의도와 다르게 독단적으로 벌어진 일일 수도 있는 문제였다.

그렇다면 이번 위기는 생각보다 심각하지 않을 수도 있었다.

지금 내려오는 심양군구의 병력만 막아 낸다면 국제사회의 힘을 빌어 중국의 의도를 막아 낼 수도 있으면 협상을 통해 배상을 받을 수도 있을 것이란 판단을 하였다.

"이번 상황이 심양군구 독단으로 벌어진 일일 수도 있다는 말이지요?"

"음……. 그렇게 판단할 수도 있겠군요."

윤재인 대통령의 말에 자리에 앉아 있는 NSC위원들도 그 말에 고개를 끄덕였다.

중국 정부가 벌인 일이라면 전체는 알지 못하더라도 대사 정도면 정부가 기획하고 있는 일에 대하여 어느 정도는 알고 있어야 하기 때문이다.

그런데 중국 대사는 심양군구가 움직인 것에 대하여 모르고 있었다.

그 말은 다시 말하면 전혀 계획에 없던 행동이란 것이다.

이로 미루어 보면 중국 지도부 내부에 심각한 분열이 있을 수 있다는 소리다.

만약 그렇다면 이제 겨우 통일을 이룬 대한민국에겐 아주 좋은 기회였다.

한반도를 둘러싼 이웃한 국가 중 대한민국의 통일을 반기는 나라는 없다.

한반도가 분열되어 있어야 국력이 분열되어 자신들이 위협받지 않을 것이니 말이다.

물론 한반도를 둘러싼 국가 중 한국보다 국력이 떨어지는 나라는 없었다.

그나마 일본이 조금은 만만한 상대이기는 하지만 전체 전력을 비교한다면 박빙이었다.

육군의 전력은 한국이 압도적으로 유리하다. 그렇지만 해군과 공군의 전력을 비교하면 한국이 일본에 한참이나 열세이다.

그나마 미사일 전력에서 일본보다 한국이 조금 유리했는데, 그 이유는 일본이 자위대를 군으로 승격이 된 것이 몇 년

되지 않았기 때문이다.

다만 이런 차이는 시간이 갈수록 줄어들고 어느 순간 역전이 될 수도 있는 문제였다.

그만큼 일본은 장기간 경제 불황이 있었지만, 1970~80년대 고도 경제 성장기였을 때 벌어들인 달러가 많아 충분히 무기를 구입하고 또 생산할 수 있는 기술을 가지고 있기 때문이다.

그러니 비교적 만만한 일본이라고 쉽게 볼 수도 없다.

다만 영토 문제로 끊임없는 잡음이 일고는 있지만 그래도 아직까지 일본과 한국은 동맹이었다.

그리고 그건 초강대국 미국도 마찬가지다.

자신들의 이득을 위해선 쉽게 돌아설 수도 있는 나라이지만 아직 그럴 만한 명분이 없기에, 한국과 손을 잡는 것이 아직은 이득이기에 미국도 한국이 한반도를 통일한 것에 방해를 하지 못하고 수긍할 수밖에 없을 것이다.

또 러시아 또한 예전과 다르게 한반도의 문제로 한국과 갈등을 가지지는 않을 것이다.

물론 국경 문제로 인해 협상을 다시 벌이기는 하겠지만 러시아와 대한민국은 교역을 통해 서로 이윤을 추구하고 있는 협력국이다.

그러니 이번 한반도 통일에 대하여 작은 성명 정도만 보내고 말 공산이 컸다.

다만 문제가 되는 것은 조중 수호조약을 하고 있는 중국이 문제였다.

일본만큼이나 억지를 잘 부리는 중국인들의 성격을 생각하면 뭔가 문제 제기를 할 것이라 생각하였는데, 이렇게 대놓고 일을 벌일지는 생각지 못했다.

북한 지도부만 모두 체포를 하면 중국도 쉽게 일을 벌일 수 없을 것이라 생각했는데, 그것이 오산이었다.

중국도 북한만큼이나 청개구리와 같은 놈들이었다.

자신들의 입맛대로 힘을 행사하려고 하는 것 말이다.

그런데 이번 심양군구 병력의 이동이 중국 지도부 전체의 생각이 아니라 지도부 소수와 심양군구 사령관의 이해관계에 의해 독단으로 벌어진 것이라면 아무리 심양군구가 중국군 최정예라고 하지만 대한민국으로서는 해볼 만 하였다.

미국 워싱턴.

백악관은 비상이 걸렸다. 1시간 전 동북아시아에서 발생한 사태로 인해 3차 대전이 일어나는 것은 아닌가 하는 생각이 될 정도로 심각한 문제가 발생하였다.

중국의 최정예 병력인 심양군군 70만이 움직인 것이다.

그것도 주한미군 2만 5천 명이 주둔하고 있었기에 그냥 손 놓고 지켜볼 수만도 없었다.

"말론 국장! 중국의 의도를 파악하였나?"

"그것이 아직……."

"아니, 정보국장이란 사람이 그런 것도 아직 파악하지 못하고 뭐했나?"

자신의 물음에 제대로 답변을 하지 못하는 CIA국장의 말에 존 슈왈츠 대통령은 호통을 쳤다.

편을 갈라 이익만 챙길 줄이나 알지 국가의 안보에 위협이 되는 이번과 같은 사태에 대한 정보도 제대로 취득하지 못하는 CIA의 모습에 크게 화가 났다.

더욱이 2001년 있었던 대테러와 그 뒤로 우후죽순으로 벌어지는 테러에 대한 CIA의 대응은 그 위상에 맞지 않게 졸렬했다.

테러에 대한 정보 수집도 신통치 않아 많은 구설수에 올랐어도 백악관에서는 그래도 그들의 그동안 국가 안보를 위해 노력한 것을 참작해 아무런 책임을 묻지 않았다.

하지만 더 이상 이대로 묵과할 수는 없을 것 같았다.

사실 미국은 무수히 많은 정보조직을 가지고 있다.

대표적인 조직이 바로 CIA(중앙정보국)와 FBI(연방수사국)있으며, 국가안보국(NSA), 국가정찰국(NRO), 국방정보국(DIA), 국가지구공간정보국(NGA), 국토안보부(DHS), 육군 해군 공군 해병대 정보부대, 국무부 정보조사국(INR), 해안경비대 정보실(USCG), 법무부 마약수사청(DEA), 재무부 정보지원실(OIS), 에너지부 정보실(IN) 등이 있다.

그리고 알려지지 않은 정보기관이 더 있었지만, 지금 그 어느 기관도 중국이 한반도에서 전쟁을 할 것이란 정보를 알아내지 못했다.

대표적인 정보기관인 CIA같은 경우 한해 예산은 440억 달러에 이른다.

이는 한화로 44조에 이르는 어마어마한 금액이다.

그리고 다른 기관도 그보다 조금 못 미치는 정도의 예산을 사용하지만 아무튼 모두 합치면 대한민국 국가 예산을 훌쩍 뛰어넘는 금액이다.

아무튼 그렇게 천문학적인 예산을 사용하면서도 이런 정보를 사전에 알아내지 못한 것에 크게 화가 난 슈왈츠 대통령은 방금 말론 국장에게 화를 내던 것을 그대로 NSC위원들에게 그대로 쏟아 냈다.

"아서!"

"예, 프레지던트!"

"자네는 이번 중국의 움직임을 알고 있었나?"

슈왈츠 대통령은 NSA국장 아서 헤밀턴을 보며 물었다.

그러자 헤밀턴 국장은 조용히 말론 국장을 돌아보다 고개를 흔들었다.

"아닙니다. 다만 이번 심양군구의 움직임은 뭔가 정상적이지 않습니다."

아서 헤밀턴 NSA국장은 이번 심양군구가 전격적으로 한반도의 압록강으로 진격하는 것이 너무도 전격적이라 정확한 정보를 얻을 수는 없었다.

하지만 그동안 중국의 정보를 취합한 것을 토대로 이번 심양군구의 움직임이 정상이 아니란 판단을 내렸다.

"그건 무슨 근거로 그런 말을 하는 것인가?"

"예, 그것은 저희가 알고 있는 중국군의 통상 작전 계획과 동떨어져 있기 때문입니다."

헤밀턴 국장은 차분하게 자신의 생각을 설명하였다.

"제가 그런 판단을 내린 이유는 심양군구는 주목적이 러시

아의 극동군을 견제하는 것입니다. 그렇기 때문에 심양군구의 주력은 러시아와 국경을 맞대고 있는 흑룡강성에 있는 집단군입니다. 그런데 그들은 움직이지 않고 요녕과 길림에 있는 39집단군과 40집단군을 이용했다는 것, 그리고 이들의 부족한 전력을 지원하기 위한 북경군구와 제남군구의 그 어떤 병력도 움직임이 없었다는 것입니다."

차분하게 설명을 하는 헤밀턴 국장의 설명에 슈왈츠 대통령은 물론이고 NSC위원들의 눈과 귀는 모두 그에게 쏠렸다.

그러자 더욱 흥이 난 헤밀턴 국장은 자신의 생각을 적극적으로 피력하였다.

그리고 헤밀턴 국장의 말에 첨언을 하는 말론 국장의 말에 헤밀턴 국장의 생각이 맞을 것이라 결론으로 회의가 진행되었다.

"아! 그러고 보니 최근 한국이 북한을 급속히 복속한 것과 관련해 중국의 지도부에 권력 붕괴 조짐이 보이고 있습니다."

CIA국장 말론은 헤밀턴 NSA국장의 말에 위원들의 관심이 쏠리자 그의 말에 첨언을 하였다.

중국 권력 순위에 변화가 일고 있음을 알린 것이다.

"현재 중국은 주진평을 필두로 한 공청단파가 정권을 잡고 있습니다. 그런데 공청단파 중 장거장과 리창준의 자리가 흔들리고 있다고 합니다."

말론 국장은 현재 중국 내부에서 벌어지고 있는 권력 투쟁에 대하여 설명을 하기 시작하였다.

그런데 그의 이야기를 듣다 보니 이번 동북아시아의 사태가 어떻게 벌어지게 되었는지 깨닫게 되었다.

"그럼 이번 사태가 숙청을 당하지 않기 위해 지도부의 누군가가 독단으로 벌인 일이란 말인가?"

슈왈츠 대통령은 조금 전까지 들은 이야기를 간략하게 함축을 시키며 물었다.

그런 대통령의 질문에 말론 국장도 간단명료하게 대답을 하였다.

"현재 파악된 정보를 토대로 추론을 하면 그렇다고 할 수 있습니다."

확실히 파악된 정보를 바탕으로 사건의 본질을 들여다보면 그런 결론에 이르게 된다.

그리고 확실히 말론의 추론대로 이번 심양군구 제39집단군과 제40집단군이 움직인 것은 그의 말대로 숙청의 위기에 처한 리창준이 자신의 영향력을 발휘해 심양군구 사령관을

움직인 결과였다.

"그럼 우리 미국은 이번 문제를 어떻게 받아들여야 할 것인가?"

세계의 경찰을 자처하는 미국이지만 자국의 이익을 위해서라면 어떤 짓도 마다하지 않는다.

하지만 이번처럼 동맹국에 대한 군사 행동은 쉽게 이득만을 보고 판단할 수 있는 문제가 아니었다.

막말로 이득을 위해서 한국에 주둔 중인 주한미군을 빼낸다면 그동안 미국이 동맹국들과 했던 협정은 유명무실해질 수밖에 없다.

그렇다면 동맹인 한국에 전쟁을 기도하는 중국과 전쟁을 할 수도 없었다.

최고 좋은 것은 두 나라 사이에서 중재를 하는 것인데, 그럴 수 없다는 것이 현재 미국으로서 딜레마였다.

미국이 중재를 할 수 없는 이유는 이번 사태의 피해는 전적으로 미국의 동맹인 대한민국이기 때문이다.

아무런 사전 선전포고도 없이 벌어진 중국군의 행동으로 인해 명분은 대한민국에 있었다.

그 말은 미국은 대한민국과 동맹이기 때문에 전적으로 대한민국의 편을 들어 줘야 하는 것이 맞았다.

그러니 현재로서는 미국에게 중재란 있을 수 없는 일이었다.

만약 억지로 중재를 하려고 한다면 상대적으로 약자인 한국은 미국의 뜻을 따를 수밖에 없을 것이다.

미국이 없이는 한국은 중국과 전쟁을 하면 백이면 백 패전을 할 것이 분명했기 때문이다.

한국이 중국과 전쟁에 패전을 한다면 미국으로서는 엄청난 손실일 수밖에 없다.

팽창하는 중국을 견제하기 위해선 한국이 절대적으로 필요하기 때문이다.

2차 대전 당시 미국과 연합국은 상륙작전을 하면서 많은 물적, 인적 손실을 하며 어렵게 작전에 성공을 하였다.

아니, 그 작전을 성공시키기 위해 첨예한 정보전을 펼치며 피 말리게 준비를 하고 겨우 성공을 한 것이다.

사실 상륙작전이란 것은 성공보다는 실패하기 쉬운 작전이다.

상대는 육지의 튼튼한 벙커 안에서 준비를 하고 있고, 상륙을 하려는 이는 상륙정을 타고 천천히 해안가로 들어와 맨몸으로 달려야 한다.

이는 그저 움직이는 타깃일 뿐이다.

공격하는 이들은 상륙하기 전까지 공격 수단이 제한을 받지만 방어하는 측에서는 그 어떤 제한도 없다.

단단한 지반에 두 발을 대고 있기에 공격을 하는 쪽보다는 방어 수단이 많을 수밖에 없다.

현대전에서는 더욱 그러하다. 공군과 해군을 상륙작전에 동원할 수 있다고 할 수도 있지만, 그건 방어하는 쪽에서도 마찬가지다.

더 많은 미사일과 전투기 그리고 여러 종류의 포(砲)를 동원할 수 있으니 더욱 실패할 수밖에 없는 것이다.

즉, 현대전에서 상륙작전은 그저 자원의 소모로 끝나는 실패할 수밖에 없는 작전이다.

그러니 중국을 견제하는 가장 좋은 방법은 상륙작전을 하지 않고 바로 군을 투입시킬 수 있는 육지에 전초기지를 갖는 것이다.

그리고 그것은 현재 미국이 진행하고 있는 정책에 그대로 녹아 있다.

주한미군이 바로 이런 미국의 생각을 그대로 반영한 군대다.

주한미군이 할 일이 없어 한국에 주둔하는 것이 아닌 것이다.

그렇게 주둔을 하면서도 주한미군의 운영비 상당액을 한국이 지불하고 있었다.

그러면서도 미국은 한국에 중요한 정보를 알려 주지 않은 것이다.

"현재로서는 저희 미국은 한국과 보조를 같이 하는 것이 가장 좋습니다."

"그건 무슨 소리요?"

이때 국무장관인 리노 레이놀즈는 슈왈츠 대통령이 미국 취할 행동에 대해 물었을 때 한국과 보조를 같이 해야 한다는 말을 하였다.

전형적인 친일본 성향의 장관인 그가 한국과 보조를 같이 해야 한다고 말을 하자 슈왈츠 대통령이 놀라 물었다.

한국인들에게는 근대에 조선을 일본이 식민지 하는 것을 정당화 하는 밀약을 했던 미국의 정치인인 테프트와 동일 시 하는 인물이 바로 리노 레이놀즈 국무장관이다.

그리고 대외적으로 대놓고 일본에 유리한 정책을 펼치는 이가 바로 국무장관 리노 레이놀즈였다.

그런데 지금은 그와 반대로 한국을 도와주라는 말을 하고 있는 것이다.

그런 리노 레이놀즈 국무장관의 말이 믿기지 않아 다시 물은 것이다.

대통령이 재차 묻자 리노 레이놀즈는 별거 아니란 표정을 하며 대답을 하였다.

"제가 일본과 친하게 지내는 것은 그것이 내 조국 미국에 이익이 되기 때문입니다. 개와 원숭이가 사이에서 주인이 원숭이에게 먹이를 많이 준다고 해서 개가 주인을 물지는 않습니다. 개는 주인의 사랑을 뺏은 원숭이를 더욱 미워하지요. 그러면서도 개는 원숭이에게서 주인의 사랑을 찾아오기 위해 더욱 열심히 도둑을 잡고 꼬리를 흔들며 재롱을 부릴 것입니다."

어떻게 들으면 인종차별과 같은 비유였지만 일본과 한국의 상태를 적절히 비유한 말이기도 했다.

한국은 이들이 생각하기에 개와 같은 습성을 지녔고, 일본은 원숭이와 같은 습성을 가진 이들이었다.

주인을 위한 맹목적인 충성과 사랑을 갈망하는 모습이 한국인들이 미국을 보는 시각과 비슷했다.

또 열심히 재주를 부리며 주인에게 애교를 부리지만 때때로 도가 지나친 행동을 보이기도 하는 원숭이는 참으로 일본인과 똑같았다.

작은 재주를 가진 주제에 자신을 너무도 똑똑한 존재로 알고 행동하는 일본인들의 모습은 참으로 원숭이와 비견되었다.

리노 레이놀즈 국무장관의 이야기를 들은 대통령과 NSC 위원들은 그가 무엇 때문에 일본과 가깝게 지내는지 이제야 깨닫고 경악을 금치 못했다.

그 모든 행동들이 조국을 위한 행동이었다는 말에 감동을 먹은 것이다.

하지만 슈왈츠 대통령의 눈빛은 놀라기는 하였지만, 그의 말을 전적으로 믿지는 않았다.

리노 레이놀즈 국무장관이 얼마나 이중적인 성격을 가졌는지 알고 있었기 때문이다.

아마 방금 전 발언도 얼마 남지 않은 대선 때문일 것이라 짐작을 하였다.

오랜 동지였던 리노 레이놀즈가 자신과 노선이 달라진 것이 언제인지 그리고 무엇 때문에 그런 행동을 하였는지 알게 된 것은 최근의 일이다.

세계 최강국 미국의 최고 자리에 욕심이 생긴 리노 레이놀즈는 자신의 의심을 피하며 공화당 내 이미 자리를 잡았다.

자신의 임기가 끝나지도 않았는데 벌써부터 파벌을 형성해 자신과 반대의견을 피력하기도 하였다.

아마도 그건 경제 정책을 실패한 자신과 차별성을 두기 위해서일 것이 분명했다.

이런 생각이 들자 방금 전 가슴을 울리는 말을 하였지만 의심을 떨칠 수가 없었다.

"그럼 전에 한국이 독단적으로 북한을 정리한 것에 대한 항의를 한다던 일은 어떻게 처리할 것이오?"

슈왈츠 대통령은 조금 전 한국의 손을 잡아 줘야 한다고 말한 리노 레이놀즈 국무장관에게 이전에 그가 했던 발언에 대하여 물었다.

그때 그가 말한 것과 180도 달라진 상황 전개에 대한 물음이었다.

사실 이건 슈왈츠 대통령이 리노 레이놀즈를 놀리는 것이나 마찬가지다.

전에는 이렇게 말을 했으면서 왜 이제는 다르게 말을 하느냐고 훈계를 하는 것이다.

그렇지만 정치인은 어느 나라나 마찬가지인지 아무런 표정 변화 없이 답변을 하였다.

"뭐 그것도 그것대로 한국에 보상을 받아야 하지 않겠습니까?"

"어떻게 말인가?"

"그건 제가 알아서 하겠습니다. 절 협상 대표로 한국에 보내 주십시오."

리노 레이놀즈는 대통령을 똑바로 주시하며 그렇게 말을 하였다.

말을 하면서도 그는 슈왈츠 대통령에게 자신의 힘을 과시하는 것을 잊지 않았다.

리노 레이놀즈는 차기 대권을 위해 아직 임기가 2년이나 남아 있는 슈왈츠 대통령과 선을 그은 것이다.

이미 공화당 내 그의 기반은 탄탄한 세력을 갖췄다.

그래서 그 자신감을 내보인 것이다. 그리고 그런 리노 레이놀즈 국무장관을 지지하는 이는 이곳 NSC 내에서도 여럿 보였다.

중국 북경.

주석궁 자신의 집무실에 앉아 있는 주진평의 입가에 미소가 걸렸다.

"하하하, 리창준이 그랬단 말이지. 으하하하!"

mmS의 장인 장위해가 가져온 정보가 주진평을 무척이나 기분 좋게 하였다.

감히 자신의 뜻을 거스르고 방자를 떨던 리창준이 미끼를 물고 죽을지도 모르는 길을 떠났다.

사실 리창준의 뒤에 심양군구 사령관이 있음을 알고 있었기에 비리 혐의가 있음에도 그를 처벌하지 못했다.

만약 그의 뒤에 심양군구가 없었더라면 굳이 이렇게 복잡하게 일을 꾸밀 필요도 없이 그냥 혐의가 나오고 증거가 확보되는 대로 숙청을 했을 것이다.

아무리 권력 서열 4위라 하지만 부정부패에 관해선 자유로울 수가 없기 때문이다.

뭐 자신이 아니더라도 4위 자리가 비면 그 자리를 욕심 낼 존재는 당 내에 많았다.

같은 공청단에서도 후보가 있었고, 그도 아니면 태자당이나 상해방에 자리를 주고 협상을 하면 되는 일이다.

어차피 상무위원의 숫자에서 자신들이 너 많기 때문에 자리에서 밀려날 일은 없기 때문이다.

물론 요즘 리창준처럼 상해방과 어울리고 있는 장거장의 행보가 수상하기는 하지만, 아직 그는 리창준처럼 부패하진 않았기에 아직 더 두고 볼 필요가 있었다.

아무튼 이번 기회에 공청단의 뜻을 저버린 자본주의 돼지가 된 리창준을 확실하게 숙청을 할 수 있는 자리로 밀어 넣은 것에 만족을 하였다.

리창준은 모르겠지만 그가 이번 일을 성공을 하건 그렇지 않건 주석인 주진평에게 나쁠 것은 없었다.

자신의 권력 기반인 심양군구까지 동원을 했는데, 이마저도 실패를 한다면 그의 미래는 뻔했다.

그리고 성공을 하여 한반도를 점령해도 마찬가지였다.

아무리 심양군구가 최정예라 하지만 한국군은 그리 만만한 존재가 아니었다.

신형 대전차 미사일은 사거리도 길뿐 아니라 명중률과 파괴력은 현존하는 그 어느 대전차 미사일보다 뛰어나다는 평가를 받았다.

그리고 한국군이 보유한 자주포와 대포병 병기의 화력은 최고 수준에 올라와 있다.

또 작년에 개발완료하고 실전배치 되고 있는 신형전차 K—3(백호)는 또 어떤가.

자국도 몇 대 생산하지 않은 4세대 전차를 개발해 실전 배치가 되었다.

그렇지만 같은 4세대 전차라고 하지만 그 성능은 엄청난 차이를 보이고 있었다.

기동성, 화력 그리고 방어력 모든 면에서 열세였다.

단순하게 조금 더 빠르고, 화력이 뛰어나고, 방어력이 특출 난 것이 아니라 비교 불가였다.

플라즈마 실드라는 듣도 보도 못한 신기술이 적용이 되면서 핵무기를 제외한 현존하는 그 어떤 무기로도 파괴할 수 없는 무기가 되었다.

뭐 미국이 개발했다는 레일건이라면 또 어떻게 될지 모르겠지만 일단 레일건은 그 크기와 제반 시설 때문에 육상에서는 실용적으로 사용할 수 없는 무기다.

그렇다면 한국군이 보유한 K—3전차를 잡기 위해선 전차의 천적이라 할 수 있는 항공 전력으로 상대를 해야 하는데, 이것 또한 만만치 않았다.

K—3(백호)는 대공방어를 위해 다목적 휴대용 미사일 게이볼그를 4기나 가지고 있었다.

즉, 한국의 신형전차는 한번에 4기의 전투기와 상대할 수 있다는 것이다.

그러니 현재로서는 한국의 신형전차를 상대할 전력이 중국군에는 없었다.

무엇이든 막을 수 있는 방패와 무엇이든 뚫을 수 있는 창을 함께 가지고 있는 것이 한국의 신형전차 백호인 것이다.

그나마 전력 우위를 보일 수 있는 것이 전투기인데, 한국은 2020년부터 신형 휴대용 미사일을 대량 보유하기 시작하였다.

기존에 있던 휴대미사일들이 불량으로 판명이 나면서 엄청난 이슈를 뿌렸었는데, 논란을 야기했던 기업에서 신형 휴대미사일을 자체 개발하면서 논란을 잠식시켰다.

차량에서 발사하는 타입에서부터 보병이 휴대하는 타입, 장갑차나 전차와 같은 중장비에서 사용할 수 있는 타입까지 갖가지 형태의 휴대용 미사일에서부터 지대공 미사일까지 한국의 미사일 전력은 그 어느 강대국 못지않은 전력을 보유하고 있다.

이런 것을 미뤄보면 리창준이 동원한 심양군구의 시도는 실패로 끝나고 말 것이다.

솔직히 대륙의 끝에 겨우 붙어 있는 작은 나라가 세계의 중심인 조국의 기술보다 뛰어나다는 것이 심기가 불편하지만 인정할 것은 인정해야만 한다.

자신은 그저 그런 지도자가 아니다.

중국 역사상 가장 뛰어난 지도자가 될 것이다.

후세에는 모태동과 등소핑보다 더 위대한 주석으로 기록될 것이다.

그렇기 위해선 손자병법에 나온 것처럼 지피지기 적을 알고 나를 알아야 한다.

작은 나라라 해서 무시할 수는 없다. 아니, 작은 나라이기에 전력을 집중할 수도 있을 것이다.

고대 저 땅에서 난 나라로 인해 대륙의 나라들이 얼마나 시달렸던가.

비록 그들이 발원했던 땅은 이젠 위대한 중국의 땅이 되었고 역사가 되었다.

한국인들은 계속해서 좁은 한반도로 그들의 생활 터전을 축소시켜야 한다.

그러기 위해 역대 지도자들이 북한에 막대한 투자를 하여 그 결실을 내 시대에 수확을 할 수도 있었지만 하늘이 그것을 허락하지 않았다.

주진평은 창밖을 보며 그렇게 생각을 하였다.

한국인들의 저력은 무시할 수가 없었다.

18억 인민이 이룩하지 못했던 것을 만들 수 있는 것이 한국인들이다.

플라즈마 실드 발생장치 그 획기적인 발명품은 최고의 두뇌들만 모였다는 미국의 유명 대학이나 연구소에서도 18억 인구 중에서도 천재들만 모아서 연구를 하는 본국의 연구소에서도 그 비슷한 것도 만들어 내지 못했다.

주진평은 올봄 세작을 통해 몰래 들여온 플라즈마 실드 발생장치를 복제하기 위해 중화과학공업공사에 연구를 맡겼다.

하지만 그 결과는 실패로 돌아갔다.

무슨 이유에선지 그것을 분해만 하면 폭발을 했던 것이다.

그 사고로 상당수의 연구원들이 사망을 하였다.

아마 안전장치를 잘못 건드려 폭발한 것 같았지만 어찌 되었든 2억 위안(370억 원)을 투자해 확보한 것이었는데, 2번의 폭발로 돈만 날리게 되었다.

아무튼 이런 생각을 하던 주진평은 이번 심양군구가 한국군과 국지전을 벌인 일로 중국이 조금은 손해를 보겠지만 그로 인해 자신의 입지는 더욱 올라갈 것이라 생각하니 저절로 미소가 그려졌다.

사실 주진평이 생각하기에 중국 동북 3성은 중국에 있어서 계륵과 같았다.

자원이 있는 것도 아니고, 땅이 기름져 식량을 생산할 수 있는 땅도 아니었다.

더욱이 외부에 알려지진 않았지만 티벳이나 위그루족만큼이나 과격분자들이 많았다.

땅이 척박하고 경제가 낙후하다 보니 조선족들은 중국에서도 골칫거리였다.

일은 하지 않고 쉽게, 쉽게 돈을 벌려고 하다 보니 많은 문제를 만들었다.

그래서 주진평은 차라리 문제를 일으키는 자치구를 차라리 독립시킬 계획을 가지고 있었다.

물론 아직까지 그 계획은 외부에 알리지는 않았다.

사실 이런 계획은 최근에 생각한 것이다.

만약 처음 계획대로 북한을 충동질해 남한과 전쟁을 하게 만들고 그것을 기화로 한반도까지 진출을 했다면 이런 생각을 하지 않았을 것이다.

한국의 뛰어난 기술을 접목해 중국은 더욱 발전했을 것이고 그것을 기반으로 미국을 능가하는 패권국이 되었을 것이 분명했다.

경제난에 허덕이는 러시아도, 일본과 한국을 이용해 자신들을 견제하려던 미국도 더 이상 두려운 상대가 될 수 없었다.

중국은 현재 가지고 있는 인구만으로 경제구역을 만들 수 있었다.

즉, 미국이 동맹국을 이용해 경제제재를 하려고 해도 많은 인구수를 자랑하는 자국을 어찌할 수 없음을 잘 알고 있다.

더욱이 중화 중앙은행에는 미국의 채권이 9,000억 달러나 되었다.

미국이 중국을 경제제재 등으로 압박을 한다면 이 채권을 모두 팔아 버리는 수가 있었다.

만약 그렇게 된다면 미국은 중국에 채권에 대한 금액을 전액 지불해야만 한다.

중국이 보유한 채권은 모두 지급 기한이 지난 채권들이기 때문에 중국 정부가 요구한다면 미국은 중국의 요구를 들어줘야 하기 때문이다.

그러니 중국 입장에서 미국은 두려운 상대가 아니다.

한국을 점령하였다면 중국으로서는 미국을 컨트롤 할 수 있는 수단을 가지고 있었기에 북한에 원조를 하고 전쟁을 조장했던 것인데, 한국이 먼저 선수를 쳤다.

듣도 보도 못한 특수부대를 이용해 북한의 수도로 침투하여 지도자 김장은을 비롯한 북한 지도부 전부를 잡았다.

만약 이 과정에서 몇 명이라도 빠져나와 중국에 구원요청을 했다면 또 이야기가 달라졌을 것이지만 현실은 그것이 아니었다.

한 번의 작전으로 모든 상황이 종료되었다.

중국의 입장에서는 닭 쫓던 개 지붕 쳐다보는 상황이 벌어

진 것이다.

수십 년을 공을 들여 작업을 하고, 이제 수확만 하면 되는 일이었는데, 수포로 돌아가고 말았다.

최선이 아니면 차선이라도 해야만 했다.

그래서 주진평은 이렇게 된 것 애물단지인 자치구들을 정리하기로 결정을 내렸다.

지금도 대륙은 경제 불균형으로 내륙과 해안가의 사정이 천지 차이였다.

그런데 자치구는 계속해서 불안 요소로 작용하고 있었다.

솔직히 주진평이 생각하기에 독립을 한다고 해도 그들은 누가 도와주지 않는다면 고사하고 말 것이 분명했다.

그러면서도 왜 무엇 때문에 독립을 하겠다고 테러를 자행하는지 알 수가 없었다.

똑! 똑! 똑!

주진평이 창밖을 보며 생각에 잠겨 있을 때 밖에서 노크 소리가 들렸다.

"누구야!"

"주석 동지, 한국 청와대라고 합니다."

노크를 하고 들어온 사람은 주진평의 비서였다.

그는 한국 청와대에서 연락이 오자 바로 주석인 주진평에게 달려온 것이다.

"무슨 일인데?"

"아마도 심양군구의 일 때문인 것 같습니다."

"하긴…… 돌리라!"

"알겠습니다."

비서는 보고를 하고 다시 밖으로 나갔다.

비서가 나가고 곧 주진평의 책상 위에 있던 전화기에 불이 들어왔다.

철컥!

"전화 바꿨습니다."

주진평은 아무 일도 없다는 듯 편하게 전화를 받았다.

그리고 소소한 이야기로 말문을 열었다.

그렇지만 전화를 건 상대는 그럴 생각이 없는지 조금은 강압적으로 나오고 있었다.

이에 어처구니가 없던 주진평은 은근한 목소리로 말에 힘을 주었다.

"언제부터 한국이 우리 중국에 그런 식으로 말을 할 수가 있었지? 요즘 조금 발전했다고 우릴 무시하는 것인가?"

자신이 가진 힘을 드러내며 한 협박이지만, 전화를 건 윤재인 대통령은 여느 역대 한국의 대통령과 달랐다.

자신의 말에 한 치도 물러서지 않고 맞대응을 하는 한국의 대통령에 주진평도 기가 죽을 수밖에 없었다.

너무도 자신감 있게 나오는 윤재인 대통령의 태도에 뭔가 믿는 구석이 있기 때문이란 생각 때문이다.

◈ ◈ ◈

청와대 대통령 집무실.

“주진평 주석! 이게 수교를 맺은 수교국에 하는 행동으로 맞다고 보시오?”

심양군구의 집단군이 압록강으로 진격하는 것을 항의하기 위해 중국 주진평 주석에게 전화를 한 윤재인 대통령은 강한 어조로 이번 사태에 관해 항의를 하였다.

“그걸 지금 말이라고 하는 것이오? 비록 우리 대한민국이 중국에 비해 작은 나라라고 하지만 힘까지 없는 나라가 아님을 기억해야 할 것이오. 후후, 북한에 일어난 일이 중국 북경에서도 일어나지 말라는 법은 없는 것입니다.”

북한에서 일어났던 일이 중국에서도 일어날 수도 있다는 협박 아닌 협박을 하는 윤재인 대통령이었다.

사실 윤재인 대통령도 SA부대와 라이프 메디텍 보안대의 능력이 그렇게 좋을 줄은 상상도 못했다.

그런데 생각 이상으로 그들의 능력은 뛰어났다.

아무런 피해 없이 단시간에 북한을 무력화 시켰다.

그러니 이렇게 자신감 있게 대국 중국의 주석에게 대고 경고를 할 수 있는 것이었다.

“허, 내 말이 듣기 불편했다고 이번에는 이 땅에 핵을 터뜨릴 수 있다고 했소?”

윤재인 대통령은 자신의 큰소리에 주진평이 이번에는 한반도에 핵미사일을 발사할 수도 있다고 협박을 하자 눈꼬리가 올라갔다.

“지금 핵이라고 했습니까? 핵……! 주, 주석이 아직 기억하지 못하고 있나 본데…… 북한도 핵을 보유하고 있었다는 사실을 말이오.”

윤재인 대통령은 주진평이 자신의 말에 역으로 핵미사일로 협박을 하자 말을 멈췄다가 다시 천천히 또박또박 말을 하였다.

그러면서 북한도 이전에 핵폭탄을 보유하고 있었다는 사실을 알려 주었다.

“중국이 핵을 발사한다면 우리도 우리가 보유한 핵을 발사할 것입니다.”

주진평 주석의 협박에 윤재인 대통령도 지지 않고 핵으로 보복을 하겠다는 협박을 하였다.

확실히 이번에는 윤재인 대통령의 카드가 통했는지 전화기 너머에서 바로 큰소리가 들려오지 않았다.

잠시간 수화기 너머로 침묵이 흘렀다.

한편 상대가 침묵을 하자 윤재인 대통령도 방금 전 자신이 한 말을 다시 한 번 되새김을 하였다.

'맞아, 이젠 우리도 핵무기 보유국이다.'

윤재인 대통령은 과거 어느 대통령이 한반도 내 비핵화 선언을 한 것에 대하여 최대의 실수라 생각을 하였다.

핵은 그 무기를 사용했을 때 효과를 보는 것이 아니라 보유하고 있을 때, 진정한 효과를 본다고 생각을 하는 그이기에 이번 참에 미국이나 주변국이 무슨 소리를 하더라도 확보한 핵을 포기하지 않을 것이라 다짐을 하였다.

5.
압록강 전투

애앵! 애앵!

요란한 사이렌 소리가 울려 퍼지기 시작하였다.

사이렌 소리가 울리자 집집마다 잠시 불이 켜졌다가 금방 다시 꺼졌다.

그런데 그렇게 저녁 늦은 시각 조용하던 평양이 시끄러워지기 시작하였는데, 특이란 것은 평양 시민들은 이런 일이 아주 익숙한지 침착하게 어디론가 향하였다.

평양 시민들이 향한 곳은 인근에 마련되어 있는 방공호였는데, 이는 이전 북한이 전쟁 상황을 대비해 준비해 둔 시설들이었다.

대한민국도 한 달에 한번 민방위 훈련을 하듯 북한도 수시로 전쟁 상황을 대비한 훈련을 하였다.

다만 북한의 훈련이 남한의 훈련보다 더 실질적이고 확실한 전쟁 대비 훈련이란 것이 다를 뿐이다.

방공호가 먼 곳은 평양에 운행되는 지하철역으로 향했다.

평양의 지하철은 남한의 지하철처럼 교통만을 위한 시설이 아니라 유사시 전쟁이 발생했을 때는 방공호 대용으로 사용하기 위해 지하 깊이 위치해 있다.

"무슨 일이지?"

숙소에서 잠을 자기 위해 화장실에서 샤워를 하고 나와 가운을 걸치고 잠시 평양의 밤거리를 보며 일과를 정리하던 수한은 갑작스럽게 울리는 사이렌 소리에 고개를 갸웃거렸다.

똑! 똑!

수한이 사이렌 소리에 의아한 생각을 하고 있을 노크 소리가 들렸다.

"들어와."

덜컹!

자신의 허락에 문을 열고 들어온 사람은 평양에서 수한의 경호를 책임진 김갑돌이었다.

방에 들어오자 고개를 숙이며 인사를 하던 김갑돌을 확인

한 수한이 질문을 하였다.

"무슨 일이지?"

조금 전 사이렌 소리에 의문을 품던 것과 같은 중얼거림이었지만, 지금의 물음은 김갑돌이 이 늦은 시간에 무슨 일로 찾아왔냐는 질문이었다.

한편 질문을 받은 김갑돌은 차분하게 대답을 하였다.

"박사님, 잠시 안전한 곳으로 몸을 옮기셔야겠습니다."

"그게 무슨 소립니까? 안전한 곳으로 대피를 하다니요? 혹시 방금 전 울린 사이렌 소리와 연관이 있는 것입니까?"

"아!"

수한의 말에 김갑돌은 짧게 감탄성을 흘렸다.

사실 수한이 머물고 있는 숙소는 VVIP를 위한 곳으로 편안한 휴식을 위해 일체 외부의 소음이 안으로 들어가지 않게 설계가 된 곳이었다.

그렇기에 같은 층 바로 옆에 VVIP를 수행하는 수행원들이 묶는 방이 따로 배치가 되어 있어 그것에 외부와 통화를 할 수 있었다.

그러니 조금 전 사이렌이 울린 사실을 이 방에 있던 수한은 듣지 못했어야 정상이다.

그런데 수한은 방금 사이렌이 울렸다는 사실을 자신이 알리기도 전에 이미 알고 있었기에 놀랐다.

"아, 예. 그렇습니다."

"사이렌이 울린 이유가 뭐지?"

수한은 요란하게 울리는 사이렌 소리야 초인적인 감각으로 듣기는 하였지만, 무엇 때문에 사이렌이 울렸는지는 알지 못했다.

"압록강 이북에 대기하고 있던 중국의 심양군구의 집단군이 움직인 것 같습니다."

"뭐라고요? 그들이 무슨 명분으로 움직인단 말입니까? 설마?"

수한은 중국의 집단군이 움직였다는 말에 깜짝 놀랐다.

사실 수한이 무리하게 라이프 메디텍의 보안대와 움직인 이유가 무엇인가.

중국이 북한의 뒤에서 한반도에 전쟁을 힐책하고 있었기에 그것을 막기 위해 움직인 것이 아닌가.

그런데 북한의 수뇌부를 모두 일망타진하고 국군이 북한 전 지역을 장악하였다.

물론 일부 북한군 지휘관들이 자신들의 부대를 이탈해 빠져나갔지만 수한이 알고 있기로 그들 중 국경을 넘어 중국이나 러시아로 탈출한 이는 아무도 없었다.

이미 국경 일대에는 인공위성을 이용한 감시와 육군 50만 중 30만이 국경 일대에 포진해 2중 3중으로 감시를 하고 있었기에 어느 누구도 이 감시망을 빠져나가지 못했다.

사실 국군이 알고 있는지는 모르겠지만, 수한의 정보에 의하면 일선 부대를 빠져나간 전 북한군 지휘관들은 일부 추종자를 꾸려 금강산 깊숙이 숨어 들어갔다.

한때 금강산이 관광객들을 받아들이며 개방을 하였지만, 사실 그것은 금강산 전체를 개방한 것이 아니라 금강산의 일부만을 외부에 개방을 한 것뿐이었다.

금강산 깊은 곳은 너무도 산세가 험하고 통행이 불편해 북한도 더 이상 개발하지 않은 전인미답의 장소였다.

그런데 국군에 의해 북한 지도부가 모두 붙잡히고 북한 전역이 국군에 의해 점령이 되고 국경이 폐쇄되었다는 것을 알게 된 일부 북한군 지휘관들은 살기 위해 자신의 추종자들을 추려 금강산으로 들어간 것이다.

사실 이들이 부대를 이탈해 금강산으로 들어간 이유는 어처구니없게도, 북한군 내부에 국군이 북한을 점령하면 공산당 간부와 군 지휘관들을 숙청할 것이란 소문이 돌았기 때문이다.

어디에서부터 발원했는지 모르겠지만 북한군 내부에 이런

소문이 돌면서 많은 간부들이 부대를 이탈하였다.

그 때문에 국군이 휴전선을 넘어 진격을 하였을 때, 아무런 교전도 없이 쉽게 북한군을 주둔지를 접수할 수 있었다.

그러한 사실을 알고 있기에 조금 전 김갑돌이 한 말이 이해가 가지 않은 것이다.

중국이 명분도 없이 한국과 전쟁을 하려고 한다는 말이 쉽게 받아들일 수가 없었다.

막말로 현대의 국제 관계는 무척이나 복잡하고 이해관계가 그물망처럼 촘촘하게 얽혀 있었다.

사소한 이윤에도 전쟁이 벌어지기도 하지만 또 아주 큰 이익이 있다고 해도 전쟁이 벌어지지 않을 수도 있었다.

이 모든 것이 촘촘히 역인 통신망 때문인데, 아무리 강대국 중국이라도 명분 없이 한국의 국경을 넘게 된다면 중국을 견제하려는 미국과 같은 나라에 명분을 주게 된다.

그렇게 되면 세계 최강국 미국이 중국과 한국의 전쟁에 무력을 사용할 때 막을 방법이 없어진다.

미국이 전쟁에 뛰어들 수 있는 명분을 중국이 제공했기 때문이다.

이런 상황을 잘 알고 있을 중국의 지도자가 무엇 때문에 아무런 명분도 없는 가운데 중국의 무력 중 최정예로 손꼽히는 심양군구의 집단군을 투입했는지 이해할 수가 없었다.

“혹시 금강산에 들어간 북한군 잔당과 중국이 함께 움직이는 것인가?”

수한은 김갑돌의 안내를 받으며 이동 중 그렇게 물었다.

일단 사이렌이 울리고 국민들에게 대피령이 떨어졌으니 아무리 위협을 느끼지 않는다 해도 일단 군의 지시에 따라야만 했다.

현재 북한 지역은 군정이 실시되고 있기에 당연했다.

“아직 그것까지는 들어온 정보가 없어 알 수가 없습니다. 다만 내려오고 있는 중국군은 심양군구 전체 병력이 아닌 이전 압록강 인근까지 내려와 있던 39집단군과 40집단군예하 기갑사단과 기계화 보병사단이라고 합니다.”

라이프 메디텍 보안대는 군대가 아닌, 일반 제약회사의 보안대이기는 하지만 그 정보력만큼은 국가 정보 조직에 못지 않은 정보력을 가지고 있었다.

사실 라이프 메디텍 보안대가 이런 정보력을 가질 수 있는 이유는 수한이 정부 모르게 러시아 마피아를 통해 러시아 군이 보유하고 있던 인공위성을 사들였기 때문이다.

수한 본인이 다루는 기술이나 회사의 특성상 분명 외부의 위협이 발생할 수도 있었다.

플라즈마 실드 발생장치나 보안대의 기본 무장인 파워슈트 등을 봐도 알 수 있다.

이런 것을 노리고 한국으로 또 천하 디펜스나 천하 그룹 그리고 자신이 소유하고 있는 라이프 메디텍 등을 노리고 침투를 할 수 있다.

이런 것을 대비하기 위해 수한은 비밀리에 인공위성을 사들여 주변을 감시하며 정보를 취득하였다.

물론 정보 취득을 하는 것은 위성 감시만이 아니다.

사회 곳곳에 침투해 있는 지킴이 회원들을 이용하기도 하고 또 그들 외의 제삼자를 이용하기도 한다.

때로는 돈을 주고 세계적인 정보단체에 정보를 정기적으로 사들이기도 하며 그것들을 종합해 한반도와 민족 그리고 가족을 지키는 것에 활용을 하고 있다.

그리고 그런 정보를 취급하는 부서가 라이프 메디텍 내에 자리하고 있다.

물론 정식으로 부서가 있는 것이 아니라 보안대 내에 비밀 업무 파트로 감춰져 있지만 말이다.

그러니 보안대 부장인 김갑돌도 이런 정보를 알고 있는 것이다.

수한의 최측근으로 보안대의 양대 산맥 중 일인이 아닌가.

더욱이 현재 그들의 주인인 수한을 수행하고 있으니 모든 정보는 최우선적으로 받아 보고 있었다.

언제 어느 때든 수한이 물어봤을 때 정보를 알려 줘야 하기 때문이다.

이는 김갑돌뿐 아니라 수한을 수행하는 모든 보안대 대원들이 숙지하고 있어야 할 사항이다.

"그리고 분석실의 판단은 아무래도 중국 지도부 내부에 권력의 이동이 있을 것 같다는 분석입니다."

김갑돌은 라이프 메디텍 보안대 내에 있는 정보분석실에서 이번에 들어온 정보를 분석한 것을 수한에게 들려주었다.

비록 급박하게 이루어진 중국군의 국경에 대한 침입이지만 그동안 정보 분석실에서 들어온 정보를 분석해 중국의 권력 구도 변화에 대해 파악하고 있었다.

현재 중국은 강력한 패권국을 꿈꾸는 공청단이 권력을 장악하고 있지만, 태자당이나 상해방이 손을 놓고 있는 것이 아니라, 일부 공청단 권력자를 자신들의 편으로 회유하고 있고 그중 한 명이 숙청 대상으로 내사 중이라는 것을 알게 되었다.

"그건 또 무슨 소리야? 그럼 이번 심양군구 병력 일부가 국경을 침략한 것이 그 숙청 대상이 된 자가 권력을 잃지 않기 위해 독단으로 벌인 일이란 말이야?"

수한은 김갑돌의 대답을 들은 순간 하도 어이가 없어 물었다.

그런 수한의 질문에 김갑돌은 그 말이 맞다는 대답을 하였다.

"그렇습니다. 사실 중국은 여느 국가와 다르게 국가 주석이 모든 권력을 가진 구도가 아닙니다. 중국은 공산당이 모든 권력을 가지고 있는데, 이 공산당은 다시 공청단, 태자당, 상해방이 공산당 권력을 분할하고 있습니다."

김갑돌은 자신이 알고 있는 한도 내에서 중국의 권력구도에 관해 설명을 해 주었다.

같은 공산국가이지만 러시아가 다르고 또 북한하고도 지배형태가 다르다.

러시아는 대통령제를 표방하며 세 번까지 연임을 할 수 있으며, 세 번 연임을 한 뒤 잠시 정권을 놓았다가 다시 대통령에 출마를 하여 당선되면 다시 세 번까지 연임을 할 수 있다.

그것을 잘 활용해 독재를 할 수 있는데, 대표적인 사람이 바로 푸친이다.

자신의 추종자를 연임 뒤에 대통령을 만들고 자신은 총리로 앉아 권력을 계속해서 활용해 독재를 이어 간다.

또 지금은 무너졌지만 북한은 마치 왕조국가처럼 권력을 자식에게 세습을 하였다.

하지만 중국은 공산주의 이론 그대로 독재를 막기 위해 한 사람이 권력을 갖는 것을 막고 있었다.

그 형태가 마치 주식회사를 보는 듯한데, 공산주의 국가 최고 권력자는 국가 주석이다.

다만 중국의 권력을 당, 군, 정부 이렇게 세 개로 분리해 당은 총서기가 최고 권력자이고, 군은 중앙군사위원회 주석 그리고 정부는 국가 주석이다.

보통 국가 주석이 군 최고 권력자인 중앙군사위 주석의 자리를 동시에 가지고 있으면 당 총서기의 자리 또한 겸직을 하고 있다.

물론 그렇다고 그가 모든 권력을 가진 것은 아니고 중국 권력을 상징하는 자리는 총 아홉 개 중 세 자리일 뿐이다.

그리고 그 밑으로 국무원 총리와 부총리, 전국인민대표대회 상무위원 위원장, 전국인민정치협상회의 주석, 서기처 1서기, 중앙기율검사위원회 서기의 자리가 있다.

이 자리에 있는 이들을 정치국 상무위원이라고 하는데, 앞서 말한 공청단, 태자당, 상해방의 권력자들이 이 자리들을 선점하고 있다.

그러면서 마치 주식회사의 주주들처럼 권력을 행사하는 것이다.

김갑돌에게서 이러한 이야기를 듣게 됐다. 수한에게 있어 조금은 생소한 정치체계였지만 어떤 면에서는 민주주의보다 나은 점도 있다고 생각을 하였다.

쉽게 독재자가 나올 수가 없는 구조이기 때문이다.

물론 구조가 그렇다고 부패한 권력자가 나오지 않는 것은 아니기에 공산주의도 완성된 정치체계는 아닌 것이란 것을 다시 한 번 깨달았다.

쿠르르릉!

"정지!"

중국과의 국경을 지키고 있던 초병은 전방에 다가온 전차를 보며 정지 신호를 보냈다.

다가온 전차 뒤로 수를 헤아릴 수 없을 정도로 많은 전차와 장갑차들을 보며 긴장을 한 초병은 마른 침을 삼키며 중국군 전차를 주시했다.

초병의 정지 신호에 선두에 서 있던 전차의 해치가 열리며

전차장이 모습을 드러냈다.

"여기는 대한민국 국경입니다. 무슨 일로 중국군이 한국의 국경에 접근을 하는 것입니까?"

다행히 중국과의 국경초소를 지키는 초병은 중국어를 할 줄 아는 병사였다.

사실 중국과 국경을 이룬 압록강이고 또 통행을 하던 곳이었기에 일부로 중국어를 할 줄 아는 병사를 배치한 것이다.

비록 북한 지역에 군정을 실시하면서 국경을 잠시 폐쇄하기는 하였지만 민간 차원에서 보따리 장사를 하는 이들이 있었기에 일부 통행증을 발급해 주고 상행위를 할 수 있게 해 주었다.

즉, 많은 사람이 통행을 할 수는 없지만 소수의 사람은 간간히 통행을 하고 있어 초병을 두고 있는 것이다.

그렇지 않았다면 아예 이 다리를 파괴했거나 아니면 중장비가 다가오지 못하게 철 구조물을 세워 폐쇄했을 것이지만 그렇지 않고 단순하게 바리케이드만 설치해 두고 경계를 하고 있었다.

초병의 말을 들은 중국군 장교는 숨을 한 번 들이쉬고 대답을 하였다.

"너희는 북조선을 강제로 침략하였다. 그렇기에 우리 중화

인민공화국은 북조선과의 수호조약에 따라 북조선을 보호하기 위해 일어섰다. 우리 인민해방군이 두렵다면 어서 북조선에서 물러나라!"

중국군 장교는 마치 배려를 하듯 초병에게 자신들의 목적을 말하였다.

즉 그의 말은 자신들은 북한과 수호조약을 하였기에 북한을 지켜 주기 위해 왔다는 말이다.

그리고 자신들과 싸운다면 국군은 무조건 패할 것이니 자신이 너그럽게 관용을 베풀고 있을 때 북한땅을 자신들에게 넘기고 물러나라는 말이었다.

그런 중국군 장교의 말에 초병은 어이가 없었다.

"이곳은 대한민국 영토입니다. 중국이 우리에게 그런 말을 할 수 있는 그 어떤 권리도 없습니다."

"뭐야! 감히 한국군 따위가……."

초병의 말을 들은 중국군 장교는 화가 난 것인지 고함을 질렀다.

이때 초병의 뒤로 소위 계급장을 단 장교가 나타났다.

"무슨 일인가?"

"충성!"

초병은 뒤에서 들려온 한국말에 얼른 뒤를 돌다 자신의 소대장이 뒤에 도착한 것을 보고 경례를 하였다.

"그래, 충성! 무슨 일이야?"

"예, 저기 중국군 장교가 자신들은 북한과 수호조약을 맺었기에 북한을 해방하기 위해 출동을 했다고 합니다."

"그게 무슨 개똥같은 말이야! 비켜 봐!"

소대장은 초병의 이야기를 듣고 기가 막혔다.

그래서 자신이 직접 나서서 중국군 장교와 대화를 하려고 나섰다.

"난 이곳 국경초소를 담당하는 한국군 소대장이오. 이곳은 대한민국 영토이니 중국군은 그만 물러나시오. 더 이상 접근을 한다면 영토 침공으로 알고 공격을 할 것입니다. 다시 한 번 경고하는데 더 이상 접근하면 발포할 것입니다."

김민교 소위는 중국군 장교 뒤로 보이는 대규모 기갑부대를 보면서도 일절 위축되지 않고 당당하게 외쳤다.

그런 김민교 소위의 모습에 전차 위에 있던 중국군 장교의 표정이 굳었다.

뭘 믿고 자신의 앞에서 큰 소리를 치는지 알 수가 없었기 때문에 가슴속 깊은 곳에서 찜찜한 생각이 들었다.

그런데 사실 말을 하는 김민교 소위도 솔직히 무척이나 떨렸다.

다만 대한민국 육군 소위로 임관한 그가 뒤에 있는 부하들이 보고 있는데 약한 모습을 보일 수가 없었기에 중국군 장교를 향해 큰 소리를 쳤던 것이다.

평소 두려운 것이 없다고 큰 소리 치던 그인지라 더욱 자신이 중국군을 보고 겁먹은 모습을 보이기는 죽기보다 싫었다.

그렇기에 객기를 보이는 중이다.

하지만 대군을 보면서도 당당한 그의 모습에 당황한 것은 중국군 장교였다.

솔직히 그는 이번 사령관의 명령이 그리 달갑지 않았다.

그도 한국군이 쉽지 않다는 것을 잘 알고 있기 때문이다.

이전 군기도 개판이고 또 장비는 노후화 되어 엿도 바꿔주지 않을 것 같은 고물만 가지고 있는 북한군과 다르게 한국군은 최첨단의 무기로 무장을 하고 있다는 사실을 잘 알고 있었다.

정예 중에서도 최정예 부대인 39집단군 산하 기갑사단 전차대대장인 주군명 대교(대령)는 언젠가 적이 될 수도 있는 한국군에 대한 정보에 민감했다.

그렇기에 한국이 차세대 주력전차를 개발하겠다고 했을 때도 그 정보를 그냥 흘리지 않고 예의 주시하였다.

개발 완료된 한국의 차세대 주력전차가 인민해방군이 가진 최신형 전차를 능가하는 성능을 가졌으면서 플라즈마 실드라는 도저히 깰 수 없는 방패를 가지고 있음도 알고 있다.

그리고 그 신형전차가 이 일대에 펼쳐져 있음을 짐작할 수 있었다.

솔직히 이미 북한은 한국의 손에 넘어간 것이나 마찬가지라는 사실을 주군명도 알고 있었다.

다만 상부에서 이런 사실을 무시하고 무리하게 병력을 일으켰다는 것도 알고 있다.

독단으로 대규모 병력을 일으켰는데 이대로 물러난다면 아무리 대군구 사령관이라도 무사하지 못할 것이기에 심보령 사령관이 무리해서 일을 진행하고 있다는 것도 알고 있다.

하지만 주군명도 어쩔 도리가 없었다.

그의 힘으로는 출동한 집단군을 되돌릴 수가 없기 때문이다.

돌아가고 싶어도 그의 힘으로는 자신의 뒤에 늘어서 있는 39집단군 예하 기갑사단은 말을 듣지 않을 것이다.

기갑사단 내에서도 그와 비슷하거나 상위의 지휘관들이 수두룩하기 때문이다.

“어디 할 수 있으면 해 봐라!”

주군명은 그렇게 말을 하고 전차 안으로 들어가 해치를 닫았다.

쿠르릉! 우웅!

전차장인 주군명이 안으로 들어가고 전차의 엔진소리가 커졌다.

그리고 포탑의 모터가 돌아가는 소리가 들린 것이다.

"피해!"

김민교 소위는 자신의 뒤에 있던 초병에게 급히 소리치고 초병의 몸을 밀치며 강으로 몸을 날렸다.

따라라락!

주군명이 타고 있던 전차의 기관총이 불을 뿜었다.

김민교와 초병은 중국군 전차에서 기관총이 발사되기 적극적으로 회피를 하였지만, 초소 안에서 경계를 하고 있던 병사들은 그렇지 못했다.

잔뜩 경계를 하고 또 김민교 소위가 몸을 날리며 경고를 하였지만 발사되는 총탄을 피할 수는 없었다.

이미 발사된 총알은 김민교 소위의 경고보다 빠르게 초소를 덮쳤기 때문이다.

퍽! 퍽! 퍽! 퍽!

북한군이 사용하던 압록강 초소를 간단하게 보수만 하고

사용하던 초소였기에 12.7㎜의 기관총탄을 막아 내지 못했다.

기관총탄에 벌집이 된 초소 그리고 그 안에 있던 초병들은 중국군이 발사한 기관총탄을 피하지 못하고 초소 안에서 벌집이 되어 숨을 거두었다.

◈ ◈ ◈

한편 중국군 기갑부대가 국경으로 내려온다는 정보를 들은 압록강 인근에 있던 한국군 기갑부대는 신속하게 진지에 들어가 압록강 너머 중국 쪽 강변을 지켜보고 있었다.

그렇기 때문에 다리 위에서 벌어지고 있는 상황을 모두 지켜보고 있었다.

"저, 저…… 씨팔 놈들! 공격해!"

2기갑사단 제1기갑여단 1대대 소속의 1소대장 최진철 중위는 압록강 다리 위에 있던 중국군 전차가 한국군 초소에 기관총을 발사하는 것을 지켜보았다.

그의 두 눈에 초소 안에 있던 초병들의 몸이 벌집이 되어 걸레처럼 흩어지는 모습이 두 눈에 들어왔다.

그런 처참한 모습을 목도한 최진철은 무전기로 중국군 전차에 대하여 공격명령을 하였다.

전차장의 명령에 그가 타고 있던 전차에서 한국군 초소를 공격한 중국군 전차에 포탄이 날아갔다.

한국군 2기갑사단은 대한민국에서 가장 먼저 신형전차를 보급 받은 부대이다.

대한민국 최정예 부대로 최진철 중위가 타고 있는 전차도 당연 K—3백호였다.

130밀리 APFSDS(날개 안정 분리 철갑탄)은 빠르게 목표한 중국군 전차에 날아갔다.

쾅!

날아간 포탄은 정확하게 중국군 전차 포탑에 명중을 하였다.

차체에 반응 장갑을 덕지덕지 덧댄 중국군 전차를 관통해 차체 내부로 침투를 하였다.

차체를 뚫고 들어간 충격 때문에 중국군 전차는 전차 내부에 있던 전차포탄들이 충격에 유폭(誘爆)을 하고 말았다.

쾅!

그리고 그것을 시작으로 압록강 이남 진지에서 대기를 하고 있던 2기갑사단의 전차들이 일제히 불을 뿜기 시작하였다.

중국군은 한국군의 반응을 보기 위해 간단하게 날렸는데, 설마 한국군이 대국인 중국을 향해 설마 카운터를 날릴 줄은 예상하지 못하고 속수무책으로 당하고 말았다.

하지만 그들은 몰랐을 것이다.

대한민국은 예전의 대한민국이 아니었고, 또 대한민국 국군은 예전의 당나라 군대가 아니었다.

자신들의 손으로 통일을 했다는 자부심을 가지고, 언젠가는 잃어버린 고토(古土)를 회복하겠다는 일념을 가지고 있는 정예들이었다.

그런 그들의 앞에서 중국군이 같은 부대 소속의 전우를 죽이는 모습을 보았으니 어떻겠는가.

2기갑사단의 전차병들은 눈에 불을 켜고 다리 위와 중국 쪽 지역에 늘어서 있는 중국군 전차를 하나하나 사냥을 하였다.

물론 중구군 쪽에서도 맞고만 있는 것은 아니었다.

워낙 많은 숫자의 전차와 장갑차들이었기에 공격을 받지 않은 전차와 장갑차들이 2기갑사단의 전차와 장갑차에 반격을 하였다.

하지만 중국군 전차와 한국군 전차에는 커다란 차이점이 있었는데, 그것은 다름 아닌 한국군 전차에는 플라즈마 실드라는 강력한 방패가 있었기 때문이다.

더욱이 한국군은 압록강변에 자리를 잡으면서 방어를 위해 전차 진지를 구축하였다.

두터운 진지에 몸을 숨기고 포탑 부분만 내밀고 적을 향해 포탄을 발사하고 있었기에 플라즈마 실드가 아니더라도 충분히 안전했다.

더군다나 현재 중국군과 포격을 주고받고 있는 거리가 가장 가까운 곳이 2㎞ 정도이고, 가장 멀리 떨어진 곳은 3㎞나 떨어져 있었기에 사실상 중국군 전차에서 발사한 전차포탄은 2기갑사단의 K—3전차에 어떤 피해도 주지 못하고 있었다.

중국군 중에서 최정예 부대인 심양군구라 하지만 심양군구에 있는 전차들이 모두 한국군의 백호와 같은 4세대 전차는 아니었다.

겨우 3세대에 들어가는 98식 전차가 주력이고 백호와 함께 4세대로 들어가는 전차인 20식(러시아T—95 복제)은 이곳에 출동도 하지 않았다.

중국 내부에서도 높은 생산 단가 때문에 몇 대 생산하지 않았다.

그런 것을 유력 권력자들이 장악한 부대에 분배를 하다 보니 최정예라는 심양군구에도 많은 숫자를 보급하지 못했던 것이다.

그나만 심양군구 뒤에 권력서열 4위인 리창준이 있었기에 20식 전차를 배당 받을 수 있었다.

그렇기에 심양군구 사령관 심보령이 리창준을 추종하는 것이기도 했다.

아무튼 비록 숫자에서 중국군 집단군에 미치지 못하고 있지만 뛰어난 화력으로 중국군 전차들을 하나하나 사냥하고 있었다.

전차전 교리에 따라 가장 선두에 있던 전차를 파괴하여 입구를 막고 가장 후미에 있는 전차를 파괴하여 퇴로를 막는다는 교리를 그대로 행사하는 한국군 전차병들이다.

물론 중국군 가장 후미는 아무리 뛰어난 백호라 해도 사정거리에 들어가지 않아 공격하지 않았다.

다만 백호의 사정거리에서 최대치까지 거리 측정을 하여 공격을 했다.

그랬기에 사정거리 안에 들어오는 중국군 전차는 고정된 표정이 되어 오고 가지 못하는 상태에서는 표적 그 이상도 이하도 아닌 상태가 되었다.

최초의 실전이지만 한국군 2기갑사단의 전차병들은 침착

하게 그렇게 중국군 최정예라 불리는 심양군구 39집단군 기갑부대와 30집단군 기갑부대를 사대로 엄청난 전과를 올리고 있었다.

이렇게 전투가 일방적으로 흐르자 처음 부대에 데프콘 1단계가 발령되었을 때 가졌던 긴장감은 어느 순간 사라지고, 포수 조준경을 확인하고 있는 전차병은 마치 비디오 게임을 하듯 중국군 전차에 포탄을 발사하고 있었다.

정말이지 안전이 확보된 상태이기에 기본적으로 전차전 교리에 나오는 포탄 발사 후 기동을 하여 다음 장소로 이동을 한다는 규칙도 무시한 채 자리를 잡고 그냥 닥치는 대로 전차포를 발사하였다.

그러면 포구를 날아간 포탄은 정확하게 중국군 전차에 명중을 하였다.

사실 이렇게 백발백중으로 명중을 하는 것은 포수들의 실력이라기보단 백호에 들어가 있는 자동 조준 시스템 때문이었다.

포탑 상부에 있는 탐지기는 360도 회전을 하며 위협이 되는 적을 포수 조준경에 표시를 한다.

탐지기가 그냥 적만 표시만 하는 것이 아니라 프로그램으로 인해 가장 위험한 표정을 자동으로 조준을 해 준다.

포수가 위험 목표에 발사를 하면 다음 표적에 자동으로 조준이 되기에 포수는 그저 표적을 확인하고 버튼을 눌러 발사만 하면 되는 것이다.

이러니 포수들은 마치 슈팅게임을 하듯 조준경에 나타난 적을 향해 공격을 하고 있는 중이다.

◈ ◈ ◈

한편 일방적으로 공격을 받고 있는 중국군 측에서는 긴급하게 화력지원 요청을 하였다.

"장학우 대교다! 교전이 벌어졌다. 우리가 한국군에 밀리고 있다. 화력 지원 바란다."

39집단군 397기갑여단 3련대장인 장학우 대교는 속수무책으로 당하고 있는 자신들에 비해, 아무리 공격해도 계속해서 공격을 하고 있었다. 얼마나 피해를 입었는지 알 수 없는 한국군의 모습에 자신들의 화력이 부족하다 생각해 포병에 화력 지원을 요청한 것이다.

고오! 콰과광! 쾅! 쾅!

이미 준비하고 있었는지 장학우 대교의 화력 지원 요청이 있자 바로 후방에 있던 포병부대에서 포격이 시작되었다.

10여 분의 포격이 끝나고 포격으로 인한 소음과 흙먼지가 가라앉길 기다렸다가 전차장 조준경으로 한국 측 진지를 확인하던 장학우 대교는 경악을 금치 못했다.

"왕빠단!"

장학우 대교가 그렇게 욕을 한 이유는 엄청난 포격에도 불구하고 진영을 드러낸 한국 측 진영의 모습은 그가 예상하던 것과 너무도 달랐기 때문이다.

한국군 전차가 숨어 있던 진지는 포병의 엄청난 포격에 파괴가 되었지만 정작 그가 예상했던 한국군 전차의 피해는 전무했기 때문이다.

무너지고 파괴된 진지 안에는 어떤 피해도 입지 않은 한국군의 전차가 당당하게 모습을 드러내고 있었기 때문이다.

그 모습에 장학우 대교는 공포가 밀려왔다.

정말이지 이건 해도 해도 너무한 것이었다.

어떻게 그 엄청난 포격에도 아무런 피해 없이 멀쩡할 수가 있단 말인가.

사실 전차에 가장 무서운 것은 위에서 아래로 공격해 오는 것이다.

그 이유는 전차의 장갑 방어력이 전면에 치우쳐 있기 때문이다.

상대적으로 상판의 방어력은 전면의 1/10 수준도 안 된다.

전면 장갑이 1,000㎜의 방어력을 가진다면 상판은 100㎜ 수준도 안 되는 것이 현실이다.

그래서 공중 공격을 할 수 있는 전투기나 공격 헬기가 전차의 천적인 것이다.

그리고 그런 공격을 하는 전력 중 하나가 바로 포병의 포격이다.

정확도는 떨어지지만 포병부대의 화력 집중은 대단위 공격력을 가진다.

이 중 한 발이라도 맞는다면 아무리 튼튼한 전차라도 견딜 수가 없다.

그런데 이러한 상식을 벗어난 전차가 버젓이 눈앞에 나타난 것이다.

이런 현실에 장학우 대교는 자신도 모르게 자신의 부대에 명령을 내렸다.

"모두 후퇴! 한국군의 포 사정거리 밖으로 물러나라!"

아까 전 교전으로 몇 남지 않은 그의 부하들은 그의 후퇴 명령에 빠르게 전장을 이탈하였다.

그리고 장학우 대교의 부대가 이탈을 하자 그때까지 자리에 멈춰 있던 중국군 전차들이 일제히 전장을 빠져나가기 위해 기동을 하였다.

◈ ◈ ◈

39집단군과 40집단군 기갑사단 중 기동이 가능한 전차와 장갑차는 빠르게 현장을 빠져나갔는데, 그들이 퇴각한 전장의 모습은 무척이나 참혹했다.

아직도 전차 내부에 남아 있는 포탄이 유폭을 하는지 간간히 폭발 소리가 들려오고 있었다.

한편 북한 지역 국경에 있던 2기갑사단 전차병들은 관측창 너머로 보이는 중국 측 국경에 널려 있는 파괴된 전차를 보며 가슴이 뛰었다.

사실 퇴각하는 적들을 보며 따라가 모두 일망타진을 하고 싶었다.

아무런 잘못도 없는 초병들을 향해 기관총을 난사하던 중국군을 두 눈 뜨고 지켜봐야 했던 그 참담한 심정을 복수라도 해 주고 싶었다. 하지만 육본은 적이 공격해 오는 것에 대한 교전은 허락했어도 압록강 너머 중국의 국경을 넘어가 교전을 벌이는 것은 금지하였다.

이것은 육본에서 중국과의 확전(擴戰)을 우려해 그러한 명

령을 내린 것이다.

아무리 2기갑사단의 전차들이 우수하다 하여도 밀려드는 중국군 전부를 막아 낼 수는 없다.

아니, 조금 전 중국군이 포격을 10분만 더 했더라도 전세는 역전이 되었을 것이다.

2기갑사단의 주력전차인 백호에 장착된 플라즈마 실드가 무한한 것이 아니라 분명 한계가 있었다.

백호의 전차포나 중국이 보유한 최신형 전차인 20식의 주포의 공격을 10번 정도 막아 낼 수 있다.

물론 조금 전 교전을 했던 거리를 생각한다면 플라즈마 실드가 파괴가 되어도 차체 방어력을 생각해도 그리 피해를 입지는 않았을 것이지만 말이다.

아무튼 일단 포격은 그 경우가 다르니 플라즈마 실드에 포탄이 10회 이상 명중을 했다면 백호라도 무사할 수는 없었을 것이다.

하지만 직사화기가 아닌 곡사화기인 포격으로는 정확하게 연속으로 명중을 시키는 것이 사실 상 불가능하다.

그렇기에 10분이나 포격을 하였지만 2기갑사단은 무사할 수가 있었다.

아_니 주력인 전차들은 플라즈마 실드 발생장치의 에너지가 남아 있어 무사할 수가 있었지만 장갑차는 그렇지 못했다.

전차에는 오리지널 플라즈마 실드 발생장치가 장착되었지만 장갑차에는 비용 때문에 오리지널이 아닌 다운그레이드 플라즈마 실드 발생장치가 설치되었다.

미국에 수출하는 다운그레이드 된 플라즈마 실드 발생장치는 한 방향만 방어가 가능했다.

그 보유 에너지 량이 오리지널보다 적었기에 중국군의 10분간 계속된 포격에 일부 장갑차들이 피격을 당해 파괴가 되었다.

그나마 다행이라면 전투 지휘 차량으로 사용되었기에 장갑차들이 전차들 보다 후미에 배치가 되어 있었기에 그 피해가 적었다.

만약 전차와 동일 선상에 배치가 되어 있었다면 더 많은 피해를 입었겠지만 아무튼 5대 가량의 장갑차가 파괴가 되었다.

중국 심양군구 집단군이 국경을 향해 내려온다는 정보에 중국군이 침범할 수 있는 지역의 경계를 강화했던 대한민국은 이번 압록강 국경다리초소 전투를 실시간으로 전국은 물론이고 전 세계로 송출하였다.

이는 중국과의 협상에 유리한 고지를 선점하기 위한 사전

포석이었다.

중국이 아무리 세계 2위의 강대국이라 하지만 아무런 명분도 없이 상대국의 국경을 넘고 또 국경을 경계하는 초소를 공격하는 행위는 국제법에 의한 명백한 침략행위다.

더욱이 사전 선전포고도 없었다.

초병의 정당한 퇴거 지시를 무시하고 총격을 가했다.

그나마 중국군이 전투에 이겼다면 나았을 것인데, 중국은 압록강 다리 전투에서 선공을 했으면서도 일방적으로 얻어맞다 쫓기듯 퇴각을 하였다.

기세 좋게 기갑 군단 규모의 병력을 운영했던 중국 심양군구는 그 전력의 1/4도 되지 않는 대한민국의 2기갑사단에 참혹한 패배를 하고 물러났다.

전투를 TV앞에서 지켜본 사람들은 중국의 기갑전력이 무참히 패배하는 것을 보고 하나 같이 이렇게 생각하였다.

'역시나 중국인가?'

말로는 세계2위의 군사대국이라 떠들던 중국이 보유한 전체 전력이 아니라고 하지만 중국이 자신하는 7대군구 병력 중 최정예라 평가하는 심양군구, 그 중에서도 핵심 전력인 39집단군, 40집단군 병력을 동원 하였는데, 일방적으로 얻어맞고 퇴각하는 장면을 보고 군대도 '메이데 인 차이나' 란 생각을 하였다.

과장되고 큰소리만 칠 줄 알지 품질이 부족한 중국제 상품과 마찬가지로 군대 또한 질이나 실력 보다 수량으로만 밀어붙이는 2류도 아닌 3류 쯤으로 결론을 내렸다.

아무튼 단 한 번의 전투는 중국 지도부는 물론이고 이번 전투를 지켜본 많은 나라들을 깜짝 놀라게 하기에 충분했다.

생각보다 저급한 중국의 집단군은 차지하고 대한민국의 군사력이 엄청나다는 것을 이제야 인정하게 되었다.

동쪽으론 초강대국 미국, 서로는 국경을 맞대고 있는 세계 2위의 군사력을 가진 중국, 종합 군사력으로는 세계 3위지만 육군전력만은 세계1위인 러시아, 세계7위의 군사력과 세계 4위의 해군력을 가진 일본에 둘러싸인 한국이기에 상대적으로 군사력이 저평가 되었던 면이 없진 않았는데, 막상 뚜껑을 열고 보니 실질적 전투은 결코 만만하지 않음을 깨닫게 되었다.

비록 육군 전력 중 일부라고 하지만 한 개 기갑사단이 그 4배에 해당하는 기갑 군단규모의 전력을 상대로 경미한 그것도 포병의 화력 지원까지 받았음에도 불구하고 상당 전력을 잃고 패퇴를 했다는 것은 많은 것을 시사 하였다.

그런 전력에 대한민국은 얼마 전 미국으로부터 대량의 전투기를 구매하였다.

예전에도 그랬지만 한국의 육상 전력은 러시아나 미국의 전력과 비교해도 물량에서 밀릴 뿐이지 질에서는 월등히 앞서고 있음을 다시 한 번 알렸다.

과거의 대한민국이 아닌 것이다.

아무튼 뉴스를 통해 전투를 지켜본 대한민국 국민들은 중국의 대규모 기갑부대를 물리친 국군을 칭송하고 또 이런 결과를 예견이라도 하듯 수년 전 신형전차를 개발하겠다는 발표를 했던 김세진 국방장관과 대통령을 칭송하였다.

6.
압록강 전투 그 후

사이렌이 평양 시내에 울려 퍼지고 시민들은 속속 방공호나 지정된 대피소로 몰려들었다.

어디나 그렇듯 일부 시민들 중에선 잠을 자다 말고 울리는 사이렌에 피난을 가야 한다는 사실이 그저 짜증날 뿐이다.

사실 북한에서 평양에 살고 있다는 것은 이들이 그저 그런 사람이 아니라 전 북한 정부 하에서는 엘리트라고 할 수 있는 이들이기 때문이다.

물론 이곳 평양 시민들 속에도 빈부격차나 신분의 차이가 있어 대동강을 경계로 강북과 강남을 나눠 부자와 그렇지 않은 자들로 나뉘는데, 지금 이곳 대피소는 강북에 위치한 부자, 이전 정권에서 당 간부 이상의 권력층 가까이에 있던 이들이 살던 곳에 마련되어 있는 권력자 가족의 피난처다.

남한이 북한을 통일하였지만 아직 그런 것을 받아들이지 못하고 아직도 자신들이 엘리트, 권력자라는 망상에 사로잡힌 이들이 대피소에서 소란을 피우고 있었다.

그러한 자들은 통제를 하는 군인들에 의해 어디론가 끌려가고 있었지만 그렇지만 대피소는 소란스럽긴 마찬가지였다.

소란을 일으키다 잡혀 가는 사람이 있지만 그런 사람을 보고도 정신을 못 차리는 사람은 계속해서 나오고 있었기 때문이다.

이 때문에 한때 북한 지역 군정을 실시하고 있는 지휘관 회의에서 폐쇄한 수용소를 재가동하자는 의견이 나오기도 하였다.

정부는 북한 지역을 군정 지역으로 선포를 하면서 가장 먼저 한 것은 구 북한이었을 때 계속해서 UN인권위에서 경고를 했던 북한 수용소를 폐쇄하는 일이었다.

처음 북한 지역을 통일하고 가장 먼저 한 것이 북한군의 무장을 해제하는 것이었다면 그다음으로 실시한 것이 바로 북한 지역 곳곳에 설치되어 있는 수용소의 문제였다.

북한 체제에 반발하는 반체제 인사라든가, 먹고 살기 위해 북한을 탈출하는 탈북자들, 그리고 권력에서 밀려난 이들이 수용되는 곳 등 많은 강제 수용소들이 있었는데, 그러한 수용소들은 종류를 불문하고 비인륜적인 만행이 자행되고 있었다.

말로만 듣던 수용소를 처음 들어간 정부 관계자는 구 북한 정부가 실시했던 만행을 확인하고 충격을 금치 못했다.

수용소 안에서는 과거 일본군이 2차 대전 당시 행했던 인체실험을 그대로 하고 있었던 것이다.

무기의 성능을 향상시키기 위해 살아 있는 사람의 몸에 실험을 하는가 하면, 또 다른 곳에서는 생화학 무기의 성능을 실험하는 곳도 있었다.

이 모든 자료는 모두 수집이 되어 UN에 신고를 하고 전부 소각을 하였다.

사실 일부에서는 비인륜적으로 수집한 자료이기는 하지만 국가의 발전을 위해선 꼭 필요한 자료라며 소각하는 데 반대를 하였지만, 현정부는 그런 반대를 과감히 떨치며 수집된 자료 전부를 소각 처리하였다.

파일 삭제를 하면 기술자를 통해 복구를 할 수 있다는 판단에 소각으로 계획을 잡은 것이다.

아무튼 이런 비인륜적인 만행이 자행된 수용소라는 이름을 언급할 정도로 아직도 특권의식에서 벗어나지 못한 북한 주민들이 한둘이 아니다.

아무튼 소란스런 대피소 한 켠에 고급스런 양복을 입은 사람들이 모여 있었다.

그런데 특이한 것은 왠지 날카로운 인상의 사내들이 헌칠한 키의 잘생긴 젊은 사내를 호위하듯 지키고 있는 것이다.

그 모습이 왠지 대피소 안에 있는 사람들의 시선을 끌었지만 곧 시선들을 돌렸다.

그도 그럴 것이 괜히 타인에 관심을 보였다가 어딘지 모를 곳으로 끌려갈지 모르기 때문에 관심을 끊은 것이다.

구 북한이었을 당시 이런 일이 있었다.

평양에서도 권력자들이 모여 사는 창전 거리에서 사고가 있었다.

당시 대낮에 벌어진 사건이라 많은 사람들이 그 광경을 지켜보았다.

그런데 그날 뉴스에는 그러한 사고 소식이 전혀 나오지 않았다.

분명 큰 사고였는데, 뉴스에 나오지 않자 그 광경을 목격했던 사람들 사이에 소문이 돌기 시작한 것이다.

사실 북한에서 교통사고란 무척이나 보기 힘든 장면이다.

자동차를 가지고 있다는 것은 북한에선 웬만한 권력을 가지고 있지 않는 이상 가질 수 없는 특수한 물건이기 때문이다.

그렇기 때문에 사람들의 관심을 더 끌었다.

권력자들이 어떻게 일을 처리할지 너무도 잘 알고 있는데, 아무런 이야기가 나오지 않아 더 관심을 가지고 그 일을 파헤치기 시작한 것이다.

하지만 호기심이 앵무새를 죽인다고 했던가.

단순한 교통사고에 관심을 보이던 사람들에게 엄청난 일이 벌어졌다.

느닷없이 들이닥친 보위부 군인들에게 끌려가 사상범으로 몰려 일가가 폐가망신을 했기 때문이다.

단순한 교통사고로 알았는데, 그것이 아니라 고위층의 스캔들이 얽혀 있었던 것이다.

당 간부 부인과 김장은의 불륜 관계에 있었는데, 그날도 김장은의 부름에 밀회를 즐기고 돌아가던 당 간부 부인의 차가 누군가의 차와 교통사고를 냈다.

그런데 그것이 단순 교통사고가 아니라 김장은의 부인 리설화가 김장은의 불륜에 화가 나 그 상대인 당 간부 부인을 죽이기 위해 보위부에 죽이라는 청부를 한 것이다.

이런 고위층 스캔들이 외부에 알려지는 것을 막기 위해 김장은의 지시로 모든 사실을 은폐하기 위해 당시 사고로 부상을 당한 불륜 상대는 물론이고 그의 남편까지 국외로 내보냈다.

당 간부였던 사람은 북한과 수교한 우즈베키스탄으로 보냈고, 불륜 대상인 당 간부 부인은 아프리카로 보내 버렸다.

그나마 죽지 않은 것이 천만 다행이겠지만 한순간 권력층에 있던 사람이 그런 오지로 갔다는 것은 어찌 보면 숙청을 하는 것보다 못한 처사일 수도 있었다.

그리고 사건을 파헤치던 사람들도 모두 끌려가 소식이 없어졌다.

물론 이런 일이 일당독재 체제인 북한에서도 흔한 일은 아니다.

그렇지만 아주 없는 일도 아닌 것이 김장은의 아버지인 전대 북한 지도자인 김정이도 여자 때문에 문제를 일으켰던 적이 있었다.

그때는 강력한 권력자인 김이성이 정권을 위해 무마시켰지만 한때 후계자였던 김정이는 하마터면 후계자 자리를 영영 잃을 뻔하였다.

아무튼 이런 일이 있었다는 사실을 잘 알고 있는 북한 주민들은 웬만해선 다른 사람의 일에 신경을 쓰지 않고 모르는 척 하며 넘어갔다.

지금도 그런 영향으로 잠시 관심을 가지다 시선을 외면한 것이다.

괜히 부티가 나는 권력자 같은데 관심을 보였다가 어떻게 될지 모르기 때문이다.

한편 사람들의 시선을 받았던 수한과 수한을 수행하는 라이프 메디텍 보안대원들은 주변을 경계를 하면서도 바깥소식이 궁금했다.

국경이 있는 압록강 인근에 중국의 심양군구의 집단군이 밀려오고 있다는 소식에 어떻게 상황이 진행이 되고 있는지 궁금했던 것이다.

수한은 소식이 궁금해 참을 수가 없었다. 그래서 호텔에서 챙겨 온 테블릿을 켜고 뉴스를 접속하였다.

테블릿 화면에는 언제 출동을 했는지 방탄모를 쓴 기자가 마이크를 들고 서 있는 모습이 보였다.

[이곳은 중국과 국경을 맞대고 있는 압록강이 보이는 곳입니다. 제 뒤로 보이는 강이 바로 압록강으로서 이전 북한과 중국이 교역을 하던 중요한 곳이기도 합니다…….]

기자의 말처럼 화면 뒤쪽으로 강과 강을 사이에 두고 있는 땅을 연결한 다리가 보였다.

그런데 이때 화면 너머로 중국 쪽에서 다리 위로 넘어오는 전차가 포착이 되었다.

수한과 라이프 메디텍 보안대는 그 화면을 숨죽이며 지켜보았다.

그리고 대피소 안에 있던 사람들도 갑자기 들린 소리에 고개를 돌리다 수한과 보안대가 무언가를 들여다보고 있는 모습을 보게 되었다.

대피소 안에 있던 사람들이 모두 수한이 들고 있는 테블릿에 귀를 기울이고 있을 때, 테블릿 안에서 다시금 기자의 말이 들려왔다.

[아악! 이게 어떻게 된 일입니까? 무슨 일이 벌어진 것입니까?]

화면 속 기자는 무엇을 보았는지 비명과 새된 목소리로 흥분해 무언가 말을 하려고 하지만, 정리가 되지 않는 목소리로 계속해서 고함만 지르고 있었다.

비명을 지르는 기자를 찍고 있던 화면이 움직이며 기자가 보고 있는 곳을 보여 주는데, 조금 전까지 멀쩡해 보였던 다리 위 초소가 반파가 되어 있는 모습이 보였다.

그리고 반파된 초소에서는 연기가 피어오르고 있었다.

[전쟁입니다. 전쟁이 났습니다.]

기자는 빠르게 말을 쏟아 내고 있었다. 확실히 기자가 그런 말을 하지 않더라도 전쟁이 터졌다는 것을 알 수 있었다.

테블릿을 통해 압록강 다리 위와 주변의 상황이 송출되고 있었고, 포탄이 터지는 소리가 요란하게 울리고 있었다.

쾅! 쾅!

비록 테블릿 PC의 스피커를 통해 들리는 소리였지만 대피소 안에 있던 사람들을 긴장시키기에 부족하지 않았다.

스피커 안에서 쾅! 쾅! 하고 포탄이 터지는 소리가 울릴 때마다 사람들의 몸이 움찔움찔 하였다.

그도 그럴 것이 지금 교전을 벌이고 있는 나라가 어떤 나라인지 너무도 잘 알고 있었기 때문이다.

강대국 중국, 북한 주민들에게는 어쩌면 공포의 대상이던 북한 군인보다 더 무서운 존재가 그들이다.

오래전부터 중국은 대국이고 북한은 그런 대국인 중국에 사대를 하며 생존했다.

세뇌에 가까운 그런 교육을 받아 왔기에 지금 중국군과 교전을 벌이고 있는 모습을 보게 된 평양 주민들의 모습은 완전 공황 그 자체였다.

아무런 사고를 할 수 없는 그런 불안정한 상태에 빠진 그들과 다르게 수한이나 라이프 메디텍 보안대원들은 차가운 눈빛으로 화면을 예의 주시하였다.

그런데 화면 속 교전 상황이 어느 정도 진행이 되면서 일방적인 모습을 보이기 시작하였다.

화면 속에 보이는 한국군은 수적 열세에도 불구하고 우수한 성능을 바탕으로 일방적인 전투를 벌이고 있는 것이었다.

수한이 알고 있는 교전 교리와는 동떨어진 막말로 제자리에 말뚝을 박고 마치 고정 포대처럼 전차를 운영하고 있었다.

그런데 한국군 전차는 일절 피해를 입지 않고 있었다.

많은 중국군 전차들이 얻어맞으면서도 한국군 전차 진지에 전차포를 쏴 대지만 아무런 피해를 입히지 못하고 있었다.

이러한 장면은 화면을 보고 있는 라이프 메디텍 보안대원들을 깜짝 놀라게 하기에 충분했다.

라이프 메디텍 보안대의 출신이 구 북한군 출신들로 북한을 탈출한 탈북자들이다.

그러다 보니 이 자리에 있는 사람들 중 이들만큼 중국군에 대해 잘 알고 있는 사람도 드물었다.

아는 만큼 보인다고 하였다.

그런데 지금 이들이 알고 있는 중국군은 남북한의 전력으로는 막을 수 없다고 알고 있었다.

그런데 화면 속 기자가 송출하는 장면에서는 이들의 상식을 모두 날려 버리는 모습이 보이고 있었다.

중국군 전차가 아무리 공격을 해도 아무런 피해를 입지 않고 바로 반격을 하고 있는 한국군 전차를 보며 보안대원들은 경외의 시선으로 수한을 돌아보았다.

지금 저 한국군 전차를 누가 만들었고, 또 지금 중국군 전차포의 공격을 막아 내고 있는 방어막을 누가 개발하였는지 잘 알고 있기 때문이다.

자신들이 수행하고 있는 사람이 얼마나 대단한 사람인지 누구보다 잘 알고 있다.

하지만 그저 알고 있는 것과 지금처럼 위대한 인물이 만들어 낸 물건의 성능을 직접 눈으로 확인하면서 느끼는 감정은 천지 차이다.

예전 보안대를 꾸리면서 수한이 보여 준 기적과도 같은 일은 사실 돈만 많으면 누구나 할 수 있는 일이었다.

병든 가족을 병원에 데려가 치료를 받게 해 주고, 치료시기를 놓쳐 악화된 장기를 인공장기로 대체를 하는 등의 일은 돈만 많으면 할 수 있는 일이다.

그런데 보안대원들이 착용한 특수 장비인 파워슈트나, 플라즈마 실드 발생장치 등은 돈만 있다고 생산할 수 있는 물건이 아님을 잘 알고 있는 보안대원들이다.

더욱이 수적 열세에도 불구하고 10배가 넘는 적을 맞아 침착하게 교전을 할 수 있는 무기를 만들어 국민들에게 평안을 줄 수 있는 존재를 곁에서 수행한다는 생각에 라이프 메디텍 보안대 대원들 모두 가슴속에 자부심이 깃들었다.

그러면서 주변을 둘러보는 이들의 눈에 조금이라도 자신들의 우상인 수한에게 위협을 하려는 사람이 있다면 가만두지 않겠다는 시선을 하며 주변을 둘러보았다.

이런 보안대의 시선을 느꼈는지 이쪽을 주시하던 사람들의 시선을 조용히 돌아갔다.

[아! 할 말을 잊게 만드는 대한민국 국군의 위력에 본 기자는 할 말을 잊었습니다. 국민 여러분 대한민국 육군 제2기갑사단이 중국군 최정예 심양군구를 물리쳤습니다.]

기자는 흥분해 자신이 알고 있는 정보와 현 상황을 편집해 카메라에 대고 떠들기 시작하였다.

방금 전 2기갑사단과 교전을 벌였던 중국군이 심양군구 병력인 것은 맞았지만 절대로 심양군구 전 병력은 아니었다.

하지만 어차피 자국민에게 알리는 뉴스였기에 조금 과장되게 표현을 하는 기자였다.

하나 어느 누구도 그런 기자의 말에 토를 달지는 않았다.

그저 강대한 중국군 그 중에서도 최정예 집단이라는 심양군구의 집단군을 물리친 것에 경악을 금치 못할 뿐이었다.

이러한 소식은 방송을 타고 전국, 전 세계로 퍼져 나갔다.

이 뉴스는 한국군이 별다른 교전 없이 북한을 점령한 것 이상으로 세계인들을 경악하게 만들었다.

사실 북한까지는 어느 정도 이해할 수 있는 범위의 사건이었다.

아무리 북한군이 반세기 넘도록 전쟁을 준비하며 군사력을 쌓은 국가라고 하지만, 남한, 한국 또한 북한을 상대로 준비를 하고, 계속해서 군사력을 발전시킨 나라.

최근에는 세계 어느 나라에 내놔도 손색이 없는 명품 무기들을 쏟아 내며 군사 강국임을 증명하기도 하였다.

그렇지만 세계인들의 평가는 그 정도였다.

그런데 이번 중국 심양군구 집단군과의 교전은 달랐다.

한국군의 전투력 이전의 평가와 다르게 세계 각국은 평가를 상향 조정해야 할 필요성을 가지게 하였다.

이번한국과 중국의 교전으로 인해 한국군 전차의 우수성이 세계에 알려지면서 많은 나라에서 한국의 전차를 구매할 수 있는지 문의가 쏟아지게 되었다.

전차포의 우수성과 플라즈마 실드 발생장치의 효용성 그리고 K—3백호의 부 무장으로 채택된 다목적 휴대 미사일 게이볼그의 정확성은 많은 국가들로부터 구매욕을 가지게 하기 충분했다.

더욱이 오래전부터 한국에서 생산된 무기들이 가격에 비해 무척이나 성능이 우수하다는 것을 알고 있는 국가들로서는 더욱 한국산 무기에 관심을 보였다.

성능도 우수하고 가격도 저렴하니 굳이 비싼 미국이나 유럽산 무기를 고집할 필요가 없는 것이다.

아무튼 이번 교전으로 인해 한국은 때 아닌 수출 특수를 누리게 되었다.

물론 그 일은 시간이 조금 더 지난 일이겠지만 아무튼 이번 중국과의 교전으로 한국은 많은 이득을 취하게 되었다.

◈ ◈ ◈

수한이 평양의 대피소에서 한국군과 중국군의 교전을 지켜보고 있을 때, 북경의 주석궁에서도 이를 지켜보는 시선이 있었다.

우주 공간에 떠 있는 위성을 통해 압록강 다리를 사이에 두고 39집단군과 40집단군 소속 기갑부대들이 다리를 넘어 한국군과 교전을 하는 장면을 실시간으로 지켜보고 있었다.

쾅!

한참 화면을 지켜보던 주진평은 자신의 앞에 있는 탁자를 주먹으로 내리쳤다.

비록 최신형은 아니지만, 그래도 중국이 기술을 집약시켜 완성한 전차들이 아무런 힘도 써 보지 못하고 파괴되는 모습은 결코 가볍게 넘길 일이 아니었다.

심양군구의 주력전차가 비록 3세대인 98식 전차라고 하지만 3세대 중에서도 후반기에 만들어진 전차다.

화력은 4세대에 조금 미치지 못하지만 전차로서 충분한 화력을 가지고 있으며, 방어력이 조금 떨어지기는 하지만 차체에 반응 장갑을 부착하고 있어 방어력 또한 충분하다 평가를 받았다.

더욱이 기동성도 우수한 편이다.

이렇게 전차의 3대 요소(화력, 방어력, 기동성)을 골고루 균형 있게 설계되어 중국산 전차 아니, 무기 중에서 명품에 속한다고 평가를 받는 무기가 바로 98식 전차다.

98식 전차는 그 뒤로도 개량을 더해 99식, 00식 등으로 발전을 하였지만 그것은 어디 까지나 편의상 나눈 것이지 성능은 대동소이(大同小異)하다.

그런데 아무리 상대가 4세대 전차라고 하지만 너무 일방적으로 파괴되고 있었다.

더욱이 주진평이 보기에도 한국군 전차는 단 한 대도 파괴되는 모습이 보이지 않고 있어 그를 더욱 화나게 하고 있었다.

"이게 말이나 되는 것인가? 어떻게 한 대, 단 한 대도 파괴하지 못한단 말인가?"

주진평은 화면을 보면서 그렇게 고함을 질렀다.

그런 주진평의 뒤에 시립하고 있던 장위해 공안부장은 아무런 말없이 화면을 주시했다.

아니, 속으로는 무척이나 기분이 좋았다.

비록 중국군이 일방적으로 당하고 있지만 지금 당하고 있는 이들은 자신과 상관이 없는 이들이다.

아니, 정치적으로 경쟁을 하는 경쟁자가 있는 군대였다.

더욱이 자신보다 서열도 높았기에 만약 이번 일이 벌어지지 않았다면 영원히 그의 밑에서 일해야 할 판이었다.

그런데 결과적으로 경쟁자는 이번 일로 숙청을 당할 것이 확실시 되었다.

전투라도 이겼다면 좌천은 되었어도 숙청은 당하지 않았을지 모르겠지만 이제는 아니었다.

차차기 정권을 차지할 것으로 예상되던 그는 이번 일로 숙청을 당할 1순위가 되었다.

'심보령! 그동안 그렇게 기고만장 하더니 겨우 그 정도였나? 적을 알지도 못하면서 군사를 일으키다니……. 병법도 모르는 얼간이.'

장위해는 자신의 정적이던 심보령 심양군구 사령관을 속으로 욕을 하였다.

군구 사령관으로 자신을 무시하던 심보령이었다.

중국에서 공안부장이란 직위가 결코 낮은 것은 아니지만 7대군구 사령관에 비교를 한다면 한 수 접어 주는 직위였다.

비록 중앙에 가까운 공안부장이라고 하지만 그 힘의 차이는 상당하기 때문이다.

그랬기에 같은 공청단에 속해 있지만 서열이 높은 심보령은 공안부장인 장위해를 면박을 주는 경우가 많았다.

중앙에 위치해 있다 보니 권력자들과 많은 만남을 가지는 그에게 일부러 자신의 힘을 보여 주기 위한 것이다. 하지만 그런 일을 당하는 장위해의 심정은 또 다른 것이다.

그런데 이번에 심보령이 크나큰 실수를 한 것이다.

돌이킬 수 없는 실수를 한 심보령에게 장위해는 속으로 박수를 보내고 있었다.

이번 일로 정부가 많은 손해를 보기는 하겠지만 이번 일로 손해만 보는 것은 아니다.

계획은 한 가지만 있는 것이 아니다. 최선이 아니라면 차선도 있는 것이기 때문이다.

이번 기회에 딴 마음을 품고 있는 상무위원들을 숙청할 수 있으니 비록 중국의 위상이 조금 흔들리기는 하겠지만, 주진평이나 장위해에게 나쁜 결과는 아니었다.

"공안부장!"

화면을 보고 있던 주진평은 낮은 목소리로 자신의 뒤에 서 있는 공안부장 장위해를 불렀다.

"네, 주석 동지!"

장위해는 드디어 올 것이 왔다는 생각이 들었다.

이미 준비는 끝났다. 명령만 떨어지면 언제라도 명단에 들어 있는 이들을 잡아들일 만반의 준비가 되어 있었다.

다만 주석인 주진평의 제가가 떨어지지 않았기에 그동안 뒤로 미루어 두고 있었을 뿐이다.

그런데 사실 장위해로써도 조금 전 본 화면 속 내용이 믿기지 않았다.

'한국의 힘이 우리가 알던 것 이상이군, 좀 더 알아봐야겠어!'

정말이지 장위해가 생각하기에 한국군의 능력은 자신이 그동안 알고 있는 것 이상이었다.

올 초 MSS부장에게 약간의 언질을 받기는 했지만 그때는 그냥 흘려들었다.

작전에 실패를 하고 변명을 늘어놓는 것이라 생각했는데, 지금에 와서 생각을 해 보니 그것이 아니었을 수도 있다는 생각이 들었다.

"잡아들이시오."

생각에 잠겨 있던 장위해에게 국가 주석 주진평이 누군가를 잡아들이라는 명령을 하였다.

"알겠습니다."

장위해는 명령이 떨어지기 무섭게 대답을 하고 밖으로 나갔다.

미뤄 오던 작전이 승인이 된 것이다.

이제부터 시간과의 싸움이었다.

공안부의 모든 역량을 총동원하여 살생부에 적힌 인사들을 지위고하를 막론하고 잡아들여야 한다.

물론 다른 때였다면 반대파의 반격으로 쉽지 않았을 일이다.

이번 한중 교전에서 패한 그들은 변명의 여지없이 인민의 심판을 받아야 할 것이다.

만약 이 과정에서 반항을 한다면 본인은 물론이고 그 일가까지 모두 숙청이 될 것이니 반항은 하지 못할 것이 분명했다.

다만 장위해가 걱정을 하는 것은 이 과정에서 국외로 탈출을 하는 이들이었다.

명단에 든 인사들이 가지고 있는 국가 비밀은 상당했기에 만약 그들이 탈출을 하여 망명을 시도한다면 받아 줄 나라가 상당할 것이다.

더욱이 그들은 국외에 자산이 꽤 있는 것으로 파악이 되었다.

어쩌면 자신이 파악하지 못하고 있는 재산이 더 있을 수도 있었다.

그렇다면 안 될 일이다.

어떻게든 모두 잡아들여 그들의 해외 자산은 물론이고 은닉한 자산까지 모두 찾아야만 했다.

그 과정에서 자신의 주머니로 들어올 돈도 계산을 하다 보니 장위해의 발걸음이 더욱 빨라졌다.

탕!

요란한 총성이 울렸다.

탕! 탕!

거대한 저택에서 시간차를 두고 연달아 총성이 울렸지만 어느 누구도 그런 것에 신경을 쓰는 사람은 없었다.

그 저택의 주인이 누구인지 잘 알고 있는 이웃 주민들은 총성이 울렸지만 전혀 신경을 쓰지 않았다.

아무리 타인의 일에 관심을 보이지 않는 중국이지만, 총성이 울렸다면 공안에 신고라도 해야 하겠지만 어느 누구도 신고를 하지 않았다.

하지만 그 저택의 주인이 누구인지 알게 된다면 이웃 주민들의 그러한 반응도 당연하다 느낄 것이다.

이 저택의 주인이 누구이냐 하면, 바로 중국 권력순위 4위인 국무원 총리 리창준의 집이기 때문이다.

국가 상무위원 7인 중 한 명이고 중국 7대 군구 중 북경군구와 함께 최정예 군구로 평가 받는 심양군구의 막후 지배자가 바로 그이다.

그러니 총성이 났다고 누가 감히 공안에 신고를 할 것이며, 아마 더한 일이 눈앞에서 벌어진다 해도 감히 신고를 하지 못했을 것이다.

아무튼 그런 리창준의 집에서 총성이 여러 발 들렸다.

"아버지! 살려 주세요. 네? 제발……."

리창준의 딸 리령령은 공포에 절은 표정으로 자신의 아버지 리창준을 보며 애원을 하였다.

그녀의 눈앞에는 총을 든 그녀의 아버지 리창준이 아직도 식지 않은 총을 들고 그녀를 쳐다보고 있었다.

총을 든 리창준은 아무런 감정이 없는 표정으로 자신을 보며 애원을 하고 있는 딸을 내려다보고 있었다.

그런데 조금 전까지만 해도 허무한 표정이던 그의 눈에 분노가 피어오르기 시작했다.

"니, 니!"

너무나 흥분한 리창준은 더 말을 하지 못하고 '니' 라는 말만 반복하였다.

사실 그가 이런 상황까지 몰리게 된 것은 모두 그의 딸 령령 때문이었다.

권력자의 딸로 태어나 아무런 부족함 없이 생활했던 그녀는 푸얼다이(富二代)의 전형이었다.

아버지의 권력을 믿고 참으로 어처구니없는 방종한 삶을 살아왔다.

그래도 리창준은 자신의 자식인 리령령을 지키기 위해 자신의 권력을 사용하는 것에 전혀 거리낌이 없었다.

다른 권력자들도 그러했기 때문이다. 하지만 단 한 번의 사고가 권력 서열 4위인 그의 정치 생명이 흔들리게 하였다.

그것을 무마하기 위해 어쩔 수 없이 자신이 속한 공청단의 반대파인 태자당에 자신이 알고 있는 비밀을 넘겨야 했다.

그리고 그것이 약점이 되어 계속해서 정보를 태자당에 넘기는 첩자가 되고 말았다.

그래도 자신이 넘겨준 정보를 토대로 태장당은 상당한 이익을 얻었다.

자신의 정보가 돈과 권력이 된다는 것을 알고 태자당에서 회유를 하기 시작한 것은 그때부터이다.

부총리 위청산이 자신의 아들과 리령령을 결혼을 시키자는 제안을 해 온 것이다.

결혼으로 맺어진다면 공청단이 자신을 태자당으로 끌어들일 수 있다고 생각을 한 것인지 그렇게 제안을 하였다.

그리고 령령도 언제 그의 말에 넘어갔는지 위청산의 아들 위태위와 어울려 다녔다.

하지만 리창준은 총서기 주진평의 야망을 너무도 잘 알고 있었다.

아니, 주진평의 진면목을 알고 있다는 것이 맞을 것이다.

겉으로 보기에는 그저 카리스마 넘치는 그런 인물로 알 것이지만, 사실은 그렇지 않았다.

비상한 머리로 음모를 꾸미기 좋아하고 또 권력욕에 있어서는 그 누구보다 크다는 것을 말이다.

사실 리창준이 심양군구를 움직인 저변에는 이런 주진평의 권력욕을 너무도 잘 알고 있었기 때문이다.

자신이 같은 공청단이라고 해서 자신의 권력욕에 방해가 된다면 과감히 숙청을 할 위인이란 것을 알기에 어쩔 수 없이 살기 위해 무리하게 군을 움직인 것이다.

자신을 숙청하려 한다는 정보를 들은 리창준은 자신이 가진 무력으로 주진평을 쓰러뜨릴 수 없다는 것을 너무도 잘 알고 있었다.

아무리 심양군구가 북경군구와 함께 최정예 병력이라고 하지만 국가 주석이자 당 총서기이며 중앙군사위원회 주석이다.

중국의 거의 모든 군권을 그가 장악하고 있다고 하면 맞을 정도로 주진평의 무력은 사실상 중국 내에서는 절대적이다.

그의 밑에는 심양군구에 버금가는 북경군구와 제남군구가 있으며, 가장 중요한 제2포병이 주진평 밑에 있었다.

태자당이나 상해방에서 장악한 군구 내부에도 주진평의 세력은 상당했다.

물론 자신이 장악한 심양군구에도 주진평의 수족은 있었다.

이러한 사실을 상무위원 중 누구보다 주진평에 대해 잘 알고 있는 리창준은 자신을 숙청하려는 주진평에 총 뿌리를 겨누기보단 그가 원하는 것을 자신이 들어 주어 살길을 도모한 것이다.

그리고 그것이 바로 심양군구를 동원해 한반도를 치려고 했던 이유였다.

즉, 리창준은 살기 위해 심양군구를 동원해 한국에 전쟁을 한 것이다.

하지만 그런 시도는 생각지도 못했던 한국군의 반격에 막혀 버렸다.

설마 압록강 국경을 지키는 한국군의 전력이 자신이 동원한 심양군구의 두 개 집단군을 막아 낼 줄을 꿈에도 생각하지 못했다.

아니, 그뿐 아니라 세계 어느 나라의 군 지휘관도 한국군 그것도 일개 사단이 중국 심양군구 산하 집단군 두 개를 상대해 막아 낼 수 있을 것이라 예상할 것인가.

물론 한국군이 지형적 영향을 받았다고는 하지만 한 개 기갑사단으로 기갑 군단을 막아 낸 것이니, 란체스트 제2법칙에 따른다면 무기의 질도 중요하지만 양도 아주 중요하다.

물론 현대에 와서는 무기의 질이 너무도 향상되어 일반적으로 적용하기는 힘들지만, 이번 한중 압록강 교전은 같은 병종인 기갑부대들끼리의 교전을 한 것이기에 이 법칙에 대입할 수 있었다.

하지만 결론은 예상과 반대로 나와 세계 군사 전문가나 군 지휘관들을 경악하게 만들었다.

이 란체스트 제2법칙이 맞는다면 한국군의 신형전차의 성능이 그동안 각국 군사 전문가나 군 지휘관들이 예상하는 것 이상으로 엄청나다는 소리였다.

기갑사단과 기갑군단의 병력 차는 4배의 차이가 아니다.

더욱이 심양군구에서 이번 압록강 전투에 동원한 곳은 39집단군과 40집단군이었다.

두 집단군에는 총 8개 기갑사단과 혼성기동군단이 있었다.

즉, 기갑 전력만 10배 이상이었다는 소리다. 10배라는 숫자는 질을 압도하고도 남을 양이었다.

더욱이 심양군구에 있는 전차는 중국이 보유한 전차 전력 중 최신형인 20식을 제외하고 최고의 화력을 자랑하는 전차였다.

그런데 압도적인 숫자에도 불구하고 한국군의 수비벽을 뚫지 못하고 후퇴를 하였다.

더욱이 후퇴한 39집단군과 40집단군의 남은 기갑전력은 초라하기 그지없었다.

이 때문에 군부 내에서도 자신에 대한 원성이 올라오고 있었으며, 조만간 자신을 잡기 위해 공안이 움직일 것은 보지 않아도 빤했다.

최고 권력자의 자리에 있던 자신이 하인처럼 부리던 공안에게 끌려가는 모습을 보일 수는 없었다.

그래서 자살을 결심하고 자신의 서재에서 권총을 꺼냈다.

그런데 혼자 죽기는 너무도 억울한 생각이 들어 가장 먼저 안방에 있는 아내에게 먼저 총을 발사하였다.

두 번째로 총소리를 듣고 달려온 아들과 아들 내외를 쏘았다.

그리고 눈을 돌리니 자신의 앞에 딸 령령이 보인 것이다.

자신이 이런 극단적인 선택을 하게 만든 원인이 눈앞에 보이자 리창준은 조금 전까지 허무했던 감정이 분노로 바뀐 것이다.

딸을 보호하기 위해 선택했던 결과가 이것이었다.

그러다 문득 이런 생각이 들었다. 자신이 그때 잘못을 저지른 딸을 감싸지 않고 계도를 하였다면 어땠을까 하는 생각이 들었다.

그러자 이 모든 결과가 딸이 아닌 자신의 잘못임을 그제야 깨닫게 되었다.

권총을 들어 딸을 겨누었던 총구는 어느새 방향을 틀었다.

그리고 그 총구는 자신의 머리를 향해 있었다.

탕!

"아악!"

총소리가 울리자 리령령은 비명을 질렀다.

엄마와 오빠 내외가 아버지의 손에 죽는 모습을 목격하였다.

그리고 세 사람을 죽인 총구가 자신을 향해 있었다.

총소리에 반사적으로 놀라 비명을 질렀는데, 이상하게 아무런 느낌이 없어 살며시 고개를 들어 본 령령은 자신의 눈앞에 피를 흘리고 쓰러진 아버지의 모습이 보였다.

가족을 죽이고 또 자신을 죽이려던 아버지의 갑작스런 자살에 령령은 정신을 차릴 수가 없어 죽은 아버지의 모습을 한동안 멍하니 쳐다보았다.

아버지의 시체를 멍하니 보고 있던 령령은 어느 정도 시간이 흐르자 정신을 차렸다.

"여보세요. 공안이죠……."

령령은 정신을 차리고 공안에 전화를 걸어 조금 전 집에서 벌어진 일을 알렸다.

그리고 령령이 신고한 지 몇 분 걸리지 않아 공안이 집으로 들이닥쳤다.

한때 무소불위의 권력을 행사하던 권력자의 최후 치고는 썩 좋지 못한 말로였다.

미국 워싱턴D.C 백악관.

미국 백악관은 요즘 연일 NSC(국가 안전보장회의)가 열리고 있었다.

연일 충격적인 이슈로 인해 잠시도 쉴 틈이 없었다.

중동에 이어 제2의 화약고로 평가를 받는 동북아시아에서 또다시 대형 사건이 터진 것이다.

아직 한국이 한반도를 통일한 것에 대한 결론도 나지 않은 상태에서 중국이 한반도에 야욕을 드러낸 것이다.

북한과의 문제에서는 미국이 한발 물러나는 모습을 보였지만, 중국이 한반도에 욕심을 내는 것은 미국으로서 좌시할 수 있는 문제가 아니었다.

만약 중국이 한반도를 수중에 넣게 된다면 미국으로서 안보전략에 상당한 손실을 볼 수밖에 없다.

더욱이 한국은 미국의 안보전략상 무척이나 중요한 위치에 있는 나라다.

미국을 위협하는 중국과 러시아를 효과적으로 견제할 수 있는 지역이 바로 한국이 있는 한반도였기 때문이다.

조용한 가운데 이들이 보고 있는 전면 화면에 위성을 통해 들어오는 장면이 있었다.

"음, 상당히 많군! 도널드 국장! 한국군의 전력으로 저들을 막을 수 있겠나?"

존 슈왈츠 대통령은 화면에 보이는 중국군의 규모를 보며 도널드 더크 CIA국장에게 질문을 하였다.

"저희가 취득한 정보에 의하면, 중국과 국경을 맞대고 있는 압록강에 방어선을 구축하고 있는 병력은 한국군 최정예 기갑사단인 2기갑사단이라고 합니다."

"그러니까 저들이 중국의 두 개 집단군을 막을 수 있다는 말인가? 못 막는단 말인가?"

질문을 받은 CIA국장이 대답을 하려고 하였지만 너무도 긴 설명에 존 슈왈츠 대통령은 이를 기다리지 못하고 중간에 말을 자르며 단도직입적으로 물었다.

그런 대통령의 질문에 도널드 국장은 차분하게 대답을 하였다.

"지형을 이용해 한차례 방어는 할 수 있겠지만 힘들 것이란 판단입니다."

"음……."

CIA국장인 도널드의 답변에 슈왈츠 대통령은 작게 신음성을 흘렸다.

"지금 주한미군은 어디에 주둔하고 있나?"

이미 중국 심양군구 병력이 이동을 한다는 정보를 취득하고 주한미군을 한국군을 돕도록 명령을 내려놓은 상태다.

그렇기에 현재 주한미군이 어디에 있는지 물어본 것이다.

대통령이 주한미군의 주둔 위치를 물어 오자 리지 오스왈도 국방장관이 보고를 하였다.

"현재 주한미군은 평양에 주둔하고 있습니다. 교전이 벌어진다면 10분 내에 공군이 지원을 할 것이고, 지상군은 1시간 정도면 한국군을 지원할 수 있습니다."

리지 오스왈도 국방장관은 주한미군이 현재 주둔하고 있는 지역과 압록강에서 중국군과 한국군이 교전을 벌였을 때 지원할 수 있는 시간에 대하여 답변하였다.

그런 국방장관의 보고에 슈왈츠 대통령이 뭔가 생각을 정리하고 있을 때, 리노 레이놀즈 국무장관이 말을 하였다.

"이봐, 리지 장관."

"네."

"만약 중국과 한국이 교전을 벌인다고 했을 때, 공군의 출동을 조금 늦췄으면 하는데 말이야."

"그게 무슨 소립니까?"

리지 오스왈도 국방장관은 국무장관인 리노 레이놀즈의 말에 고개를 갸웃거렸다.

동맹국이 공격을 받았는데, 출동을 늦추라니 그게 무슨 의도인지 알 수가 없어 되물었다.

그런 국방장관의 물음에 리노 레이놀즈는 비릿한 미소를 지으며 자신의 생각을 들려주었다.

"요즘 한국이 너무 기가 살아 있는 것 같으니 이번 기회에 기를 좀 죽여 놓는 것이 어떤가 하는데 말이야……."

"그게 좋겠습니다."

리노 레이놀즈의 말이 끝나기 무섭게 그의 추종자인 아서 헤밀턴 NSA국장이 맞장구를 쳤다.

그리고 국무장관의 말에 여러 NSC위원들이 동조를 하였다.

그들이 생각하기에 요즘 한국이 자신들의 말을 잘 듣지 않는다는 생각에 한번 기를 죽여 놓을 필요가 있다는 판단을 하였다.

그리고 그 생각은 존 슈왈츠 대통령도 마찬가지였다.

비록 리노 레이놀즈와 노선은 다르지만 미국의 대통령으로서 자국의 이익을 위해선 한국은 꺾일 필요가 있었다.

계속해서 독자적으로 행동을 하려는 모습을 보이는 한국이 요즘 들어 여간 신경 쓰이는 것이 아니었다. 그렇기에 슈왈츠 대통령도 방금 전 국무장관의 말에 찬성을 하였다.

하지만 모두 찬성하는 가운데 국방장관 리지 오스왈도만은 뭐가 그리 마음에 들지 않는지 인상을 구겼다.

그런 국방장관의 모습에 리노 레이놀즈는 자신의 말에 인상을 구기고 있는 리지 오스왈도의 모습이 마음에 들지 않았다.

“리지 장관은 내 말에 무슨 불만이라도 있나?”

같은 장관이지만 국무장관과 국방장관은 그 직위의 무게가 달랐다.

그렇기에 리노 레이놀즈는 자신의 말에 싫은 표정을 하고 있는 리지 오스왈도 국방장관에게 쏘듯 질문을 하였다.

그런 리노 레이놀즈의 질문에 리지 오스왈도 국방장관은 어금니를 깨물며 대답을 하였다.

“아무리 국익도 좋지만 대국적으로 생각하는 것이 좋겠습니다. 우리는 지금 동맹인 한국에 벌써 몇 차례 실례를 하였습니다.”

리지 오스왈도 국방장관은 리노 레이놀즈 국무장관의 말에 대답을 하면서 존 슈왈츠 대통령을 보며 말을 하였다.

그녀가 하고 싶은 말은 다름이 아니라, 올 초 플라즈마 실드 발생장치를 취득하기 위해 CIA를 이용한 비밀 작전과, 중국이 비밀리에 북한을 지원하면서 한반도에 전쟁을 힐책한 정보를 사전에 취득하고도 한국에 알려 주지 않은 것을 빗대 말을 하는 것이다.

입으로는 동맹이라고 떠들면서 행동은 그렇지 않은 이들 수뇌부의 모습에 국방장관으로서 회의감이 든 그녀는 가슴속에 생각했던 내용을 그대로 말을 하였다.

그런 그녀의 말을 들은 NSC위원들과 대통령의 표정도 그리 밝지 못했다.

요즘 들어 부쩍 자신들이 장사꾼이 된 것처럼 국익이란 미명 아래 그런 행동들을 했던 것이 너무도 부끄러웠다.

하지만 그렇다고 후회하지는 않았다.

그것이 조국 미국을 위한 행동이라면 다시 그때로 돌아간다고 하여도 그런 행동을 할 것이라 생각했다.

자신의 말에도 어떤 말을 하지 않는 위원들을 보며 리지 오스왈도 국방장관은 무언가 결심을 한 듯 표정이 굳었다 풀렸다.

'여기까지다. 내가 생각했던 조국은 이렇게 비겁하지 않다.'

리지 오스왈도는 그렇게 비겁하게 자신의 욕심을 조국애라는 이름으로 포장을 하는 현 정부 지도부의 행동에 회의감을 느끼며 그만 자리에서 물러날 결심을 하였다.

7.
제2 한강의 기적을 위하여

세계가 동북아시아에서 전해진 충격적인 뉴스에 정신을 차리지 못하고 있을 때 대한민국에서는 활발하게 움직이는 이들이 있었다.

문화, 경제 등 각 분야에 종사하는 이들이었는데, 이전에는 그저 각자 분야에서 조금 이름이 알려진 정도의 인물이나 단체였다. 한반도가 통일이 되면서 이들은 전면에 나서서 활동을 시작하였다.

이전에는 자원봉사도 남들에게 알리지 않고 말 그대로 봉사를 하였다면, 지금은 무엇 때문인지 모르겠지만 각종 언론에 공개를 하고 또 국민들에게 참여를 부탁하는 적극성을 띠었다.

이들의 이런 행동은 연이은 큰 사건으로 국민들이 정신을 차리지 못하는 상태에서 뭔가 방향성을 제시하는 듯하였다.

국민이 일치단결하여 빠르게 혼란을 수습하고 비록 지금은 북쪽 지역이 군정으로 통제를 받고 있었다.

하지만 언젠가는 군의 통제가 풀리고 개방이 될 것이란 희망을 가지고 민족발전에 힘쓰자는 기치를 가지고 활동을 하였다.

그리고 이런 사람들의 활동에 동조를 하는 기업들이 늘어나기 시작하면서 이들의 행동은 전 국민적 운동으로 제2의 새마을 운동이란 이름으로 세계에 알려지게 되었다.

오랜 일제강점기를 거쳐 외국의 도움을 받아 1945년 조국광복을 맞은 것이 무색하게 1950년 한반도는 남북이 이념이 갈려 전쟁을 하였다.

전쟁 후 폐허 속에서 한강의 기적을 이룩하며 국제사회에 대한민국이 죽지 않았음을 알렸다.

그리고 대한민국은 갖은 노력 끝에 선진국 대열에 끼어들었다.

물론 급격한 경제 개발로 인한 부작용도 있었지만 그 또한 잘 극복하고 있다.

폐허 속에서도 일어난 민족이며, 1997년 외환위기 때에도 슬기롭게 이겨 낸 민족이다.

남북이 통일이 되었으니 제2의 건국, 제2의 한강의 기적을 이룩하자며 사람들이 모두 으샤! 으샤! 하며 단결을 하였다.

그 영향으로 초기 혼란한 틈을 타고 일부 사회질서를 헤치려는 이들이 있기는 하였으나 국민들의 협조 속에 치안은 빠르게 회복이 되어 이전보다 더 안정이 되었다.

누가 강제를 하는 것은 아니지만 국민 한 명 한 명이 국가에 도움이 되기 위해 법규를 지켰다.

이러한 한국인들의 모습을 본 외신기자들은 다시 한 번 한국인들의 준법 정신과 국가와 민족을 생각하는 애국심에 경의를 보였다.

그리고 치안이 빠르게 회복이 되자 이전 전쟁이 날 것을 우려해 빠져나갔던 외국인 관광객들이 빠르게 돌아오고 있었다.

물론 아직까지 일부 국가에서는 여행 자제 국가로 지정이 되어 있다.

하나 이번 중국과의 교전에서 승리한 것과 현 중국 지도부와 빠르게 협상을 하는 대한민국 정부의 행동에 나머지 역시

금방 해제가 될 것으로 예상되었다.

그러면서 아시아의 끝에 있는 작은 나라가 강대국 중국의 공격을 막아 낸 것에 호기심을 느끼게 되었다.

이전에도 셀폰(헨드폰)과 첨단 가전제품 그리고 K—POP으로 알려졌던 나라였는데, 이제는 그에 더해 세계 2위의 군사대국을 막아 낸 나라로 더욱 호기심을 자극하는 나라가 되어 관광객이 계속해서 늘어나고 있었다.

천하그룹 회장실.

수한은 평양에 제약회사와 라이프 메디텍의 이름으로 병원 한 곳을 짓게 하고 서울로 돌아왔다.

그런데 잠시 휴식을 하려던 수한에게 그의 할아버지 정대한이 연락을 하여 천하그룹에 오게 되었다.

"어서 오너라!"

"그동안 평안하셨어요."

회장실 안으로 들어서는 수한을 향해 정대한이 반갑게 맞아 주었고, 수한도 자신을 반갑게 맞아 주는 할아버지에게 그동안 안녕하셨는지 안부를 물었다.

"나야 안전한 곳에서 평안하게 잘 지냈는데…… 그래, 북쪽은 분위기가 어떻더냐?"

정대한은 국군이 점령하자마자 가장 먼저 북한 지역에 진출한 것에 대하여 물었다.

사실 정대한도 북한 지역에 관심이 많았다. 하지만 아무리 통일이 되었다고 하지만 쉽게 진출할 수는 없었다.

북한 지역은 아직도 치안이 불안정했다. 또 시장이 제대로 형성이 되지 않아 현재로써는 기업이 진출하기에 그리 좋은 곳이 아니었다.

막말로 지금 북한 지역에 진출을 한다는 것은 한동안 적자를 면치 못한다는 소리였다.

그렇기에 북한 지역이 나중에 황금알을 낳는 것이라는 걸 알면서도 쉽게 생각을 할 수 없는 것이다.

물론 북한 지역이라고 하지만 아주 아무것도 없는 것은 아니다.

평양 북서쪽에 안주 분지에는 예전 북한이 중국과 합자를 하여 원유를 채굴하던 시설이 있다.

그리고 숙천 지역에도 유전이 있다.

이렇듯 상당한 규모를 가진 유전 지역이 있었다.

즉, 대한민국이 한반도를 통일하면서 원유 수입국에서 원유 생산국이 되었다.

아무튼 이렇듯 돈 되는 것도 있었기에 많은 기어들어 북한 지역에 대하여 면밀히 조사를 하고 정부에 사업승인을 요청하였다. 하지만 북한 지역이 아직 치안 부재로 허가가 떨어지지 않고 있었다.

정대한은 이런 문제 때문에 북한 지역을 다녀온 수한에게 그곳 상황을 물어본 것이다.

솔직히 전에 손자인 수한이 북한 지역 개발을 함께 하자고 제안을 하였을 때 못 이기는 척 손을 잡을 것이란 후회도 하고 있었다.

물론 그땐 이렇게 갑자기 통일이 될 줄은 정대한도 예상을 하지 못했었기에 거절을 하였는데, 지금에 와선 그것이 후회가 되는 것이다.

천하그룹도 그룹 내에 중화학공업이 있었기에 북한 지역에 있는 유전 한곳만 차지할 수만 있다면 천하그룹은 국내 순위를 재는 것이 아니라 성삼그룹처럼 세계에서 꼽히는 그룹이 될 수도 있었다.

그러니 더욱 수한이 들려줄 북한 소식이 궁금했다.

그런 할아버지의 모습에 수한은 작게 미소를 지으며 대답을 하였다.

"아직까지 그곳은 조심스럽습니다. 구 북한군 지휘관들이 일부 부하들을 데리고 금강산으로 숨어들어 무슨 짓을 할지 모르기 때문에 군에서도 많은 신경을 쓰고 있습니다."

수한의 이야기를 들은 정대한은 뭔가 고민을 하다 다시 물었다.

"네가 보기에 우리 그룹이 북한에 진출을 한다면 어떻겠느냐?"

조금 불안하기는 하지만 언제까지 안정이 될 때까지 기다릴 수는 없었다.

'하이 리스크 하이 리턴' 이라고 하였다. 위험이 클수록 그 반대급부가 크다는 소리다.

기업 활동도 그렇다.

위험이 없는 곳에 이윤은 없는 것이다.

경쟁을 하고 위험이 있어야 그에 대한 이윤이 발생을 하는 것으로써 지금 정대한 회장은 북한 지역 진출에 고심을 하는 중이다.

사업은 타이밍이다.

다른 사람보다 너무 앞서가도 안 되고, 그렇다고 남이 닦아 놓은 길만 찾아가서도 안 된다.

그렇게 남이 닦아 놓은 길만 찾아 간다면 망하지는 않을지 몰라도 성공을 거두기도 힘들다.

그러니 남들이 가지 않은 곳, 비록 고생은 하겠지만 남보다 먼저 자리를 선점해야 이익도 큰 법이다.

정대한은 그런 생각에 지금 북한 지역에 진출할 타이밍을 재는 중이다.

그리고 이런 현상은 대한민국에 있는 모든 그룹들이 천하 그룹처럼 북한 지역 진출 시기를 보기 위해 눈치작전을 벌이고 있었다.

한편 자신의 할아버지가 무엇 때문에 이런 질문을 자신에게 하는 것인지 금방 깨닫고 현재 북한 지역 상황을 자세히 설명을 하였다.

"천하 그룹이 북한 지역에 진출하는 것을 생각한다면, 지금이 적기라고 말씀드리겠습니다."

"그건 무슨 근거로 그런 판단을 내린 것이냐?"

수한이 사업을 진출할 시기가 바로 지금이 적기라는 말을 하자 정대한은 지체하지 않고 그런 판단을 한 근거를 물었다.

"치안이 불안하기는 하지만 사실상 동부 산악지대, 아니, 금강산과 백두대간 인근 지역 정도만 조금 구 북한군 패잔병으로 인해 치안이 불안정하지 다른 지역은 이미 국군이 장악을 하였기에 안전합니다."

수한은 말을 하면서도 자신의 할아버지에게 확신을 주기 위해 자세한 사항을 말했다.

"정부에서는 북한 지역에 진출을 하려는 기업이 있다면 심사를 통해 PMC(민간군사기업) 면허도 허가를 하겠다고 약속했습니다. 물론 북한 지역에 한해서지만 요."

수한은 자신이 북한 지역에 진출을 하면서 정부와 협상을 한 내용 일부를 정대한에게 들려주었다.

사실 대한민국에서는 PMC의 허가가 나지 않는다. 그 이유는 대한민국 헌법에 민간의 총기허가를 불법으로 규정을 하고 있기 때문이다.

즉, 검찰과 경찰 그리고 군대를 제외한 어느 단체도 총기류를 소지할 수 없다는 소리다.

그런데 어떻게 PMC를 허가할 수 있겠는가.

물론 정부도 해외로 진출하는 국내 기업들의 요청에 고민을 해 보지만 고민은 고민이고 일절 허가하지 않았다.

만약 그것이 잘못 악용이 되었을 때, 국내 치안에 구멍이 뚫릴 위험이 있기 때문이다.

대한민국은 세게 어느 나라보다 치안 상태가 좋았다.

그것은 다른 무엇보다 총기를 규제했기 때문이란 주장이 가장 설득력이 있었다.

선진국 중 총기 규제를 하지 않는 나라치고 치안이 좋은 곳은 없기 때문이다.

막말로 민간인이 손쉽게 총기를 구매할 수 있는데, 어떻게 치안이 바로 설 수가 있겠는가.

화가 난다거나 아니면 정신이상자라 하더라도 쉽게 구매할 수 있는 총으로 대형 사고를 낼 수가 있는데 말이다.

아무튼 이런 이유로 그동안 대한민국은 필요하다는 것은 알지만 그 이상으로 부정적인 면이 크기에 허가를 하지 않았다.

그런데 북한 지역이라는 단서조항이 들어가기는 했지만 PMC를 허가를 한다는 말에 정대한은 눈이 커졌다.

솔직히 현재 기업들은 기업 활동을 하다 보면 무력이 필요할 때가 있다.

외국 선진국의 경우 이런 무력이 필요할 때, 이를 전문으로 하는 회사가 존재해 기업의 이윤을 지켜 주고 있다.

하지만 대한민국은 이러한 전문업체가 없기에 울며 겨자 먹기로 외국의 PMC에 비싼 비용을 주고 고용을 한다.

천하그룹에도 유능한 사람은 무척이나 많다.

당장 PMC가 설립이 된다면 현역 군인들 못지않을 실력을 가지고 있는 이들이 많이 있다. 하나 대한민국은 이를 허가

하지 않았기에 이를 숨기고 있을 뿐이다.

그런데 조금 전 수한은 정부에서 일부 허용을 하겠다는 이야기가 있었다는 말에 정대한은 말이 떨어지기 무섭게 정부에 북한 지역 진출에 대한 요청서를 내기로 결심을 하였다.

그동안 정부에서 그렇게 문의를 했어도 답변을 주지 않았다.

아무리 기업 이윤도 중요하지만 직원들의 안전이 보장되지 않는 곳에 진출을 한다는 것은 정대한, 아니, 천하그룹 경영 철학에도 맞지 않는 일이기 때문이었다.

그런데 정부에서 길을 열어 주었으니 그동안 가문 내에서 능력은 있지만, 그것을 숨기고 세월만 보내고 있는 이들의 재능을 펼쳐 보일 장이 마련되었다는 것에 너무도 기분이 좋았다.

"알겠다. 네 말을 믿고 북한 지역에 우리 천하그룹도 진출을 하마!"

"잘 생각하셨어요. 사실 말은 안 했지만 북한 지역은 먼저 줍는 사람이 임자일 정도로 돈 될 것이 널려 있습니다."

"그래? 뭐 길가에 황금이라도 떨어져 있는 것이냐?"

정대한은 수한의 말에 어느 정도 여유를 가지며 농담을 건넸다.

그런 정대한의 농담에 수한도 미소를 지으며 맞장구를 쳤다.

"물론이죠. 일단 북한 지역은 남한보다 자원이 풍부합니다. 현대 사회에 없어서는 안 되는 희토류도 풍부하고 또 곳곳에 유전도 있습니다. 결정적으로 북한 지역은 땅 크기에 비해 인구가 적습니다. 아마 정부는 조만간 북한 지역에 대한 이주정책을 펼 것이 분명합니다."

수한은 정부가 앞으로 펼칠 정책에 대한 예상을 하며, 그렇게 되면 어떤 현상이 발생할지도 정대한에게 들려주었다.

이야기가 계속 될수록 북한 지역은 정체된 남한 지역과 다르게 기회의 땅이다.

7—80년대 경제 개발을 하던 대한민국처럼 북한 지역도 지금 그런 도약의 시기가 도래한 것이다.

"수한아! 여기……!"

수한이 카페 안으로 들어서자 누군가 그를 부르는 소리가 들렸다.

자신을 부르는 소리에 고개를 돌리니 그곳에는 먼저 자리

를 잡고 기다리고 있는 사람이 보였다.

“어머니, 제가 좀 늦었습니다.”

“넌 어쩜 니 엄마만 보이고 이 이모는 보이지도 않는 것이냐?”

카페로 들어오는 수한을 부른 사람은 바로 수한의 양모인 최성희였고, 타박을 하는 사람은 양모인 최성희의 친구이자 지킴이 회원인 김유빈이었다.

사실 오늘 이 자리는 수한이 복지제단을 운영하는 김유빈과 의논 할 일이 있어 자리를 마련한 것이다.

그런데 마침 친구인 유빈과 복지제단에 관해 조언을 듣고 있던 최성희가 자리를 함께 하였다.

집에 들어가면 볼 수 있는 아들이지만, 밖에서 만나 함께 집으로 들어가기 위해 유빈과 함께 만나기로 한 장소로 온 것이다.

그런 최성희를 뜻밖의 장소에서 보다 보니 수한이 놀라 유빈에게 인사를 한다는 것이 양모 최성희에게만 인사를 한 것처럼 보이게 하였다.

물론 유빈도 그런 수한의 인사를 가지고 타박을 하는 것이 아니라 친 이모처럼 수한에게 가볍게 농담을 던진 것뿐이다.

“아휴, 이모는 날이 갈수록 더욱 자체발광 하는 것 같아서

못 알아봤네요. 요즘 잘되어 가시나 봐요?"

자신에게 농담을 던지는 유빈을 향해 수한도 미소를 지으며 카운터를 날렸다.

겉으로 보이게 이제 겨우 30대 초반으로 보이는 유빈이지만, 사실 그녀도 이제는 얼추 50에 가까웠다.

낼 모레, 정말로 낼 모레면 만으로 50세, 한국 나이로 51살이 된다.

얼마 전까지만 해도 생일이 되지 않았으니 아직 40대라 극구 우기는 그녀였지만, 이젠 더 이상 만으로 나이를 줄일 수도 없어 서글펐다.

그런데 이렇게 조카 수한이 아름답다고 농담을 던지니 그 말이 싫지는 않았다.

"하긴 내가 자체발광 꿀 피부이긴 하지……."

"허휴! 얘, 다 늙어서 무슨 주책이니!"

아들과 농담 따먹기를 하고 있는 친구를 최성희는 그렇게 친구인 유빈에게 한 소리 하였다.

"뭐 어때, 이렇게 잘생긴 미남이 내 미모를 인정해 주는데. 설마 너 지금 질투하는 거니?"

자신을 보며 어린애처럼 주책을 부린다며 타박을 하는 친구에게 유빈은 턱을 치켜 올리며 장난을 쳤다.

"하하, 두 분 고정하세요. 그런데 두 분 뭐 드실래요?"

수한은 얼른 두 사람 사이에 끼어들어 진정을 시키며 뭘 마시겠냐는 질문을 하였다.

그런 수한의 질문에 최성희는 친구를 돌아보며 물었다.

"유빈이 너 뭐 먹을래?"

질문을 받은 김유빈은 생과일주스를 시켰고, 최성희도 생과일주스를 시키는 유빈의 말을 듣고 그녀 또한 같은 것을 시켰다.

수한은 과일 주스를 마시겠다는 두 사람의 주문을 받아 카운터로 가서 음료와 디저트를 주문하고 돌아왔다.

"그래 어쩐 일로 날 보자고 한 것이니?"

유빈은 수한이 자리에 앉기 무섭게 자신을 보자고 한 이유를 물었다.

무척이나 바쁘게 움직이는 수한의 스케줄을 알기에 굳이 자신을 만나려고 하는 이유를 알 수 없었기 때문이다.

더욱이 수한이 하는 일과 자신이 하는 일은 그 분야가 달랐다.

단도직입적으로 물어 오는 유빈의 질문에 수한은 빙그레 미소를 짓다 엉뚱한 질문을 하였다.

"요즘 주 목사님 하고는 어때요?"

"뭐, 뭐?"

유빈은 오늘 자신을 부른 수한의 용건이 궁금해 물었는데, 수한이 엉뚱하게 자신과 주지훈 목사에 관해 물어 오자 당황하였다.

주지훈 목사는 4년 전 수한의 소개로 알게 되었는데, 하는 일이나 관심 분야가 비슷하다 보니 그 뒤로도 자주 만나 이야기를 나눴다.

한국에서 복지제단을 운영하는 김유빈은 해외에서 탈북자들의 탈북을 도우며, 안전하게 한국에 정착 할 수 있는 길을 돕는 일을 하는 주지훈에게 호감을 느꼈다.

사실 유빈 또한 탈북자를 돕고 싶은 마음은 굴뚝같았으나 조금은 성격이 여린 그녀가 하기에는 무척이나 힘든 일이었다.

그렇기 때문에 마음은 있어도 행동으로 옮기지 못하고 있는 일이었는데, 주지훈은 반대로 실행에 옮길 수 있는 의지와 계획은 있었다.

하지만 그가 가지고 있는 자본에 한계가 있어 더 많은 탈북자를 돕지 못하는 것을 안타까워하였다.

그런데 수한을 통해 자본은 있지만 성격상 행동으로 옮기지 못하는 유빈과, 이상과 계획은 있지만 자본이 부족해 한계를 느끼던 주지훈의 만남은 두 사람에게 무척이나 반가운 일이었다.

숫자 1+1=2이지만 사람과 사람이 능력을 합치면 그 이상의 시너지 효과를 얻을 수 있다.

그리고 수한의 예상대로 두 사람이 힘을 합치자 많은 성과를 이룩하였다.

단순 탈북자 지원이 아닌 온전하게 대한민국 사회에 적응해 한 사람의 몫을 하게 만들었다.

그러면서도 주지훈과 김유빈은 초심을 잃지 않고 꾸준히 연구에 연구를 계속하였다.

보다 적은 예산으로 더 많은 사람들이 혜택을 볼 수 있게 하기 위한 프로그램 개발에 노력을 한 것이다.

그러는 과정에서 두 사람은 서로를 존경하게 되고 또 사랑하게 되었다.

사실 오늘 수한은 유빈만이 아닌 주지훈 목사까지 함께 만나 의논을 하려고 하였다.

주지훈 목사가 관심을 가지고 추진하던 탈북자 돕기 프로그램은 대한민국이 한반도를 통일하면서 더 이상 그 사업을 추진할 이유가 없어졌다.

그러니 주지훈이나 김유빈이 의욕적으로 추진하던 사업 하나가 뜻하지 않게 사라진 것이다.

나쁘게 사업이 끝난 것이 아니라 너무 좋게 끝났기에 후회는 없지만, 김유빈을 가끔 보는 최성희에게 김유빈의 이야기를 듣게 되었다.

◈ ◈ ◈

“다녀왔습니다.”

수한은 평양에 추진하던 일을 대충 기본만 세우고 돌아왔다.

집으로 들어온 수한은 당연하다는 듯 큰 소리로 다녀왔다는 인사를 하였다.

그런데 생각지도 못한 양모 최성희의 목소리가 들렸다.

“아들 어서 와라! 고생 많았다.”

뜻하지 않은 최성희의 목소리가 집에서 들려오자 깜짝 놀란 수한은 놀라 제자리에 굳어 움직이지 못했다.

언제나 복지제단 일로 바빠 이 시간에 집에 들어온 적이 없었기에 그저 습관적으로 다녀왔다는 인사를 했는데, 양모가 집에서 일하고 들어온 자신의 인사를 받아 주자 수한의 가슴이 무척이나 따뜻해지는 느낌을 받았다.

"어, 어머니 이 시간에 집에 어쩐 일이세요?"

너무도 뜻밖이라 수한은 현관을 들어서며 그렇게 물었다.

그런 수한의 질문에 최성희는 일단 수한의 옷과 가방을 받아 들며 말을 하였다.

"응, 오늘 이모를 만나느라 조금 일찍 들어왔다."

"이모 누구? 아!"

수한은 양모가 이모라고 하자 처음에는 누군가 생각이 나지 않았지만 금방 생각해 낼 수 있었다.

양모 최성희는 이전에 원래 가족과 의절(義絕)하였다.

사실 양모가 가족과 의절을 한 데는 일신그룹의 영향이 컸다.

20여 년 전 일신그룹이 후원하는 일신학원에서 탈출을 한 뒤 얼마 지나지 않아 그녀의 집으로 일단의 사람들이 찾아갔다.

당시 그녀의 가족들은 실종된 그녀를 찾을 생각도 하지 않았는데, 그것이 일신학원으로부터 협박과 약간의 합의금을 받고 최성희에 대하여 침묵을 지켰다.

최성희가 나중에 이런 사실을 알고 가족과 인연을 끊은 것이다.

아무리 가족 간 우애가 없다지만 돈을 받고 실종된 가족을 찾지 않는다는 것은 도저히 그녀의 상식으로는 이해할 수 없었기 때문이다.

실종된 가족이 흉악범이라고 해도 그 생사 정도는 궁금해서라도 찾았을 것이다.

하지만 최성희의 가족은 그녀가 실종되었다고 찾지 않았을 뿐만 아니라 당시 일신그룹과 천하그룹의 분쟁 때문에 언론의 관심 때문에 그녀의 가족들에게도 기자들이 찾아갔었다.

그런데 그녀의 가족은 평소 최성희의 행실이 좋지 못해 아기를 그녀가 납치했을 것이란 거짓 증언을 하였다.

그 후 최성희는 가족과 인연을 끊고 양아들인 수한에게 모든 정성을 쏟았다.

그녀에게 남은 유일한 가족은 양아들 수한뿐이기 때문이다.

물론 그녀의 양부가 되어 준 혜원도 있었지만, 그건 혜원이 수한의 교육을 위해 필요하다고 했기에 받아들였다. 그런 관계가 오래 되다 보니 양부인 혜원에게도 정이 들어 양부로 받아들였다.

아무튼 최성희는 오늘 낮에 친구 김유빈을 만난 이야기를 수한에게 들려주었다.

"글쎄 유빈이가 하는 탈북자 지원 프로그램이 사실상 종료가 되었지 않니?"

"그렇죠, 이젠 남북이 통일이 되었으니, 북한 지역도 어느 정도 궤도에 오르면 부분 개방이 될 것이니 남쪽에 자리 잡았던 탈북자들도 고향에 가 볼 수도 있을 것이고."

수한은 최성희의 이야기를 듣다 자신이 대통령에게 들은 이야기를 자신도 모르게 말하고 말았다.

그런 수한의 이야기에 최성희도 눈이 번쩍 뜨였다.

"그래? 그게 언제쯤이면 가능할까?"

최성희가 자신의 혼잣말에 관심을 보이자 수한은 얼른 이야기 주제를 다시 오늘 낮에 최성희가 만나고 온 김유빈의 일로 돌렸다.

"아 그 일은 아직 좀 있어야 하니…… 그보다 그 프로그램이 종료된 것과 유빈 이모가 왜요?"

수한의 관심 돌리기가 통했는지 최성희는 얼른 수한의 질문에 대답을 하였다.

"아, 맞아. 그것보다 유빈이의 일이 더 중요하니. 그러니까……."

최성희는 오늘 낮에 유빈을 만나 그녀가 하는 고민에 대하여 들은 것들을 수한에게 모두 이야기하였다.

"그렇게 된 거야."

"아."

수한은 양모 최성희의 이야기를 모두 듣고 고개를 끄덕였다.

확실히 김유빈이 이사장으로 앉아 있는 한빛에서 가장 크게 추진하던 사업이 바로 탈북자 지원 프로그램이었다.

주지훈이 기존에 하던 탈북자 지원 프로그램에 지원을 하여 북한을 탈출한 이들을 보다 안전하게 한국으로 데려왔다.

그들이 한국에 안정적으로 정착을 하게 하는 것은 김유빈이 있는 한빛이 주도적으로 지원을 하는 것이 사업의 핵심이었다.

즉, 탈북자를 한국으로 안전하게 데려오는 것까지가 주지훈의 역할이라면 김유빈이 한 일은 그 후속 조치였다.

그런데 한반도가 통일이 되면서 더 이상 탈북자는 나오지 않았고, 또 안정적으로 정착을 했던 탈북자들도 통일이 되었다는 소식에 언제 고향에 갈 수 있을지에 관한 이야기로 들떠 있었다.

그러다 보니 한빛이나 김유빈, 그리고 주지훈 목사도 현재 목적지를 잃은 선장마냥 방황하고 있다는 소리였다.

그런 이야기를 모두 듣고 나서 문득 좋은 생각이 났다.

사실 정부에서 북한 지역을 개발하려고 해도 제반 인프라가 부족한 것은 물론이고 주민들의 건강도 좋지 못했다.

그러니 정부가 나서도 제대로 된 개발이 되기 힘들었다.

그렇다고 남쪽에서 모든 인력을 동원해 개발을 하게 된다면 남북이 하나로 화합하는 데 문제가 발생할 소지가 있었다.

남쪽 인력을 동원해 개발을 한다면 개발이 완료된 뒤에도 북쪽 주민들은 수중에 돈이 없을 것이다. 그러다 보면 정부의 계획과 다르게 남북 간의 빈부격차가 지금보다 더 심화될 소지가 있었다.

그렇기에 정부는 북한 지역을 개발함에 있어 될 수 있으면 남쪽 인력이 아닌 북한 지역 주민들을 이용해 개발을 하려는 것이다.

물론 고급 인력은 어쩔 수 없이 남쪽에서 데려와야 하겠지만, 그 외 단순 노동을 하는 노동자는 북한 주민들을 활용함으로써 그들에게 임금을 주어 자본을 축적할 길을 마련하려는 계획이다.

수한도 윤재인 대통령에게 이러한 정부의 계획을 들었기에 가장 먼저 북한 지역에 진출을 했다.

그러한 정부의 계획에 동조를 하는 사업을 추진한 것이다.

수한이 가진 제약회사의 공장을 이곳에 짓고 또 병원도 짓는 등 사업을 추진하였다.

통일이 되기 이전 북한에도 건설회사는 있었다. 물론 그것이 공산당의 것이었지만 말이다.

하지만 지금은 공산당이 사라졌기에 회사에 있던 노동자나 기술자 그리고 관리자 할 것 없이 모두 손 놓고 하늘만 쳐다보고 있었다.

이때 수한이 이들에게 일감을 준 것이다.

아무튼 이런 생각을 하던 수한은 김유빈의 한빛제단이 북한 지역에도 진출을 하면 어떨까라는 생각을 하게 되었다.

사실 북한 지역 주민들은 도움의 손길이 무척이나 필요한 상태다.

이전 북한일 때 북한 정권은 지방과 도시 간, 아니, 평양을 제외한 지역에 대한 차별이 무척이나 심했다.

더욱이 신분을 차등해 관리를 하며 주거지나 이동에 대한 통제도 하였다.

그러다 보니 지방에 있는 사람들의 삶이란 무척이나 열악하다.

오죽 했으면 죽은 사람의 살을 먹는다는 이야기가 나오겠는가?

남쪽에서는 보릿고개라는 말이 70년대 말이면 사라진 말이었다.

어른들이 마치 옛날이야기 하듯 밥투정을 하는 아이들에게 보릿고개 이야기를 들려주었는데, 북한 지역은 아직까지도 보릿고개라는 것이 그대로 이어지며 그때가 되면 많은 사람들이 아사했다.

그러니 복지제단들이 이런 북한 지역 사람들을 돕기 위해 나서면 참 좋겠다는 생각을 했었는데, 조금 전 양모에게 목표를 잃고 방황하는 김유빈의 이야기를 듣다 보니 그 생각이 났다.

"어머니! 제게 좋은 생각이 있는데, 이모와 이야기 해 봐야겠네요."

"그래, 그럼 내가 이모에게 연락을 할 테니 네가 잘 이야기해 봐."

"알겠어요. 어머니 배고파요. 밥 좀 주세요."

"그래, 얼른 씻고 와라!"

"예."

이야기가 끝나자 수한은 갑자기 배가 고파졌다.

오랜만에 집에 양모가 있자 갑자기 집 밥이 먹고 싶어졌다.

자신의 계획을 들려준 수한은 자신의 이야기를 듣고 있던 유빈의 반응을 기다렸다.

"그러니까 수한이 네 말은 우리 한빛이 북한 지역에 있는 수용소를 운영을 했으면 한다는 소리지?"

김유빈은 수한이 장시간 들려준 이야기를 요점을 정리해 물었다.

혹시나 자신이 수한의 의도를 잘못 이해했을 수도 있기 때문에 되물어본 것인데, 수한은 바로 대답을 해 주었다.

"예, 제 생각은 그동안 한빛이 해 오던 일을 그대로 하는 일이니 그리 어렵지 않을 것이라고 생각해요."

수한의 대답에 유빈은 잠시 생각을 하다 바로 승낙을 하였다.

"알겠어, 그런데 북한에는 그런 수용소가 얼마나 되는 거야?"

결심이 서자 유빈은 수한에게 자신이 맡아야 할 수용소가 얼마나 되는지 물었다.

"그건 저도 정확한 숫자는 알지 못해요. 보건복지부나 국방부에 한 번 문의해 보세요."

수한은 수용소의 숫자를 물어보는 유빈에게 그렇게 대답할

수밖에 없었다.

사실 자신도 정확하게 도움이 필요한 수용소의 숫자를 알지 못하기에 그런 대답을 할 수밖에 없었다.

"그래, 그건 내가 알아보기로 하고 뭐부터 준비를 해야 그들에게 제대로 된 도움을 줄 수 있을까?"

유빈은 이미 결심을 한 것인지 그렇게 혼자 어떤 것을 준비해야 수용소에 갇혀 고생을 한 사람들을 제대로 도울 수 있을지 생각을 하였다.

유빈이 그렇게 자신이 할 일을 생각하고 있을 때 그녀와 함께 나온 최성희도 뭔가 열망을 담아 수한을 쳐다보았다.

"아들! 나도 뭐 도울 것이 없을까?"

최성희는 아들과 친구가 하는 이야기를 옆에서 듣다 자신도 뭔가 불쌍한 북한주민을 도울 일이 없을까 하고 수한에게 물었다.

그러자 수한은 밝게 미소를 지으며 대답을 하였다.

"당연히 어머니도 하실 일이 있죠."

"그래? 어떤 일?"

자신도 할 일이 있다는 아들의 말에 최성희는 눈을 반짝이며 어떤 일을 할 수 있을지 물었다.

그런 양모의 모습에 수한은 아까 전보다 더 미소를 지으며 이야기를 하였다.

"북한 지역은 의료 시설도 적을뿐더러 지방에는 의료 서비스란 것을 받을 수도 없어요. 그러니 어머니는 그런 사람들에게 의료지원을 하시면 될 것이에요."

수한은 양모 최성희에게는 김유빈과는 다른 것을 제안하였다.

라이프 메디텍의 복지제단인 뉴 라이프 제단을 운영하는 최성희는 모회사가 종합 의료 기업이다 보니 제단도 그런 의료 서비스를 받지 못하는 극빈층과 차상위층을 지원하는 정책을 펴고 있었다.

희귀병이나 치료비가 많이 들어가는 병에 걸렸지만, 생활이 열악해 제때 치료를 받지 못하는 가난한 사람들을 돕는 제단인 것이다.

수한은 이런 뉴 라이프 복지제단의 특징을 살려 북한 지역에도 의료 혜택을 받지 못해 힘들어 하는 사람들을 돕는 일에 양모 최성희를 끌어들였다.

결코 그 일이 쉬운 일은 아닐 것이란 것을 알지만 양모인 최성희가 그런 것을 결코 회피하지 않을 것을 잘 알고 있기에 그런 제안을 하였다.

그리고 최성희 또한 자신이 맡은 일이 결코 쉬운 일이 아님을 잘 알고 있다.

경제소득이 높은 남한도 돈이 없어 치료를 받지 못해 고생을 하는 사람이 많은데, 북한 지역은 어떻겠는가.

통일이 되었다고 바로 남한처럼 수준이 올라가는 것도 아니기에 아직은 고생을 해야 할 것을 잘 알고 있다.

"내가 잘할 수 있을까?"

최성희는 문득 두려움이 일었다.

괜히 자신이 일을 제대로 하지 못해 아들이 하는 일에 방해가 되는 것은 아닌지 걱정이 된 것이다.

그런 최성희의 걱정을 알고 있는지 수한은 진지한 표정으로 대답을 하였다.

"어머니 너무 걱정하지 마세요. 차근차근 하나씩, 하나씩 여기서 했던 것처럼 해 나가면 돼요."

"그래, 나도 힘내 볼게!"

아들의 격려에 최성희는 마음을 굳게 먹고 대답을 하였다.

"참! 이모 우선적으로 식량을 구해야 할 거예요."

수한은 생각에 잠겨 있는 김유빈을 부르며 식량을 구해야 한다는 말을 하였다.

그런 수한의 말에 유빈은 고개를 갸웃거릴 수밖에 없었다.

느닷없이 식량을 구하라는 말에 무슨 이유로 그런 말을 하는 것인지 궁금해 그 이유를 물었다.

"식량?"

"예, 현재 북한 지역은 가장 심각한 것이 첫째로 식량이고, 둘째가 의약품 그리고 셋째가 연료예요. 그런데 연료는 그런 대로 충당이 되는데, 현재 식량만은 정부에서도 어떻게 할 수가 없어요."

수한은 현재 북한 지역의 상황에 대하여 들려주었다.

올해도 가뭄이 든 북한이라 이전 북한 지도부는 중국에 원조를 받으며 이래 죽나 저래 죽나 마찬가지란 생각에 전쟁을 힐책한 것이었다.

이 모든 것이 경제는 생각하지 않고 발전하는 남한에 대응하기 위해 썩은 동아줄인 줄 모르고 무기 개발에만 전염한 결과였다.

더욱이 북한 전역에서 거둬들인 것들을 평양에서만 90% 소비를 하고 남은 지역에 10%를 배급을 하였으니 어떻게 되겠는가.

지방 주민들은 먹고 살기 위해 산으로 들로 먹을 것을 찾아 헤맸을 것이고, 남한에서도 6—70년대 보릿고개를 넘기기 위해 초근목피(草根木皮)를 먹고 겨우 끼니를 해결했을 것이다.

또 돈이 없으니 난방을 위해 연료를 사지 못하니 산과 들에 있는 나무를 마구잡이로 베어다 썼다.

그러니 장마철에 표피층의 흙이 모두 쓸려 갔고 그러니 작물을 심어도 제대로 자라지 않았다.

이렇게 악순환이 계속되면서 북한은 20년이 넘는 가뭄과 홍수로 땅은 황폐화되고 기아와 아사자가 속출하는 것이다.

이러한 사실을 말로만 들은 것이 아니라 직접 눈으로 확인하고 돌아온 수한은 일단 급한 식량과 의료 서비스 부분에 대하여 해결을 하고, 그와 동시에 황폐화된 북한 지역의 산과 들을 살리기 위해 조림 사업을 해야겠다, 생각하였다.

사실 조림 사업만 제대로 한다면 계속되는 가뭄과 홍수를 어느 정도 대비할 수 있을 것이고, 그렇게 된다면 충분히 식량 생산도 가능해질 것이라 판단했다.

사실 북한 지역이 낙후되기는 했지만, 이렇게 조림 사업을 통해 식량을 수급할 땅을 확보한다면, 현재 식량 자급률이 떨어지는 남쪽에도 결코 나쁜 일이 아니었다.

그리고 이런 생각을 자신만 알고 있을 것이 아니라 정부에도 제안을 할 생각이다.

물론 정부 예산이란 것은 한정이 되어 있기에 그 한계도 분명 있었다.

하지만 적당한 이윤을 약속한다면 국내에 돈 많은 사람은 많이 있으니 충분히 해 볼 만한 일이었다.

이런 생각을 하니 수한의 머릿속이 빠르게 돌아가기 시작하였다.

처음 이 자리를 마련한 것은 할 일을 잊고 갈피를 잡지 못하는 김유빈에게 목표할 만한 일을 알려 주기 위해 마련한 자리였다.

하지만 생각해 보니 굳이 김유빈만 그런 일을 하게 할 것이 아니라 많은 사람들이 이번 일에 동참을 하게 하는 것이 보다 빠르게 북한 지역을 발전시키고, 남과 북의 격차를 줄이는 일이란 생각이 들었다.

그리고 그런 생각이 들자마자 이번 일을 지킴이 전체 회의에 안건으로 다루는 것도 좋을 것 같았다.

'백지장도 맞들면 낫다' 라는 말이 있다.

비록 힘들고 시간도 오래 걸리겠지만 혼자 하는 것보다는 덜 힘들고 시간도 덜 들 것이 분명했다.

물론 그만큼 대규모로 하다 보면 예산이란 것이 한꺼번에 많이 들어가겠지만 말이다.

그렇지만 수한에게 돈은 그리 중요하지 않았다.

수한이 실질적인 주인으로 있는 라이프 메디텍이 벌어들이

는 돈만 해도 1조가 넘었고, 천하 디펜스에서 들어오는 라이센스 비용을 포함해 천문학적인 금액이 그의 통장으로 들어오고 있었다.

그러니 돈은 그리 큰 부담이 아니었다. 수한에게는 자신의 이상이 실현되는 것이 가장 중요할 뿐이다.

"그래, 알았다. 지훈 씨에게 이야기하면 네가 말한 것을 충분히 구할 수 있을 거야."

김유빈은 수한의 말에 흔쾌히 대답을 하였다.

그녀의 연인인 주지훈 목사를 통한다면 충분히 필요한 식량을 구할 수 있을 것이다.

주지훈은 김유빈과 손을 잡고 탈북자들을 돕기 위해 외국으로 돌아다니며 많은 인맥을 가지고 있었다.

특히 쌀 생산이 많은 라오스, 베트남 등 동남아에는 주지훈의 친구들이 많았다.

그러니 그들을 통한다면 충분한 식량을 구할 수 있을 것이다.

사실 북한의 식량 사정은 정부도 잘 알고 있다. 그래서 정부도 정부대로 식량 수급을 위해 동남아 국가에 쌀 구매 요청을 하였다.

그리고 세계 곡물 회사에 콩과 옥수수 등 잡곡도 구매 요청을 하였다.

하지만 아직까지 정부의 이런 노력은 성과를 구하지 못하고 있었다.

수한은 이런 일이 누군가 뒤에서 조종을 하고 있는 것은 아닌가 하는 의심을 하고 있다.

세계의 농산물을 주무르는 메이커 대부분이 특정 세력에 속해 있기 때문이다.

그 세력이 주로 활동하는 곳이 유럽과 미국이며 이들은 이익을 위해서라면 파렴치한 일도 서슴없이 저지르는 이들이다.

아마도 창고 한쪽에서 식량이 썩어 문드러지더라도 가격을 높이기 위해서라면 절대로 식량을 풀지 않는 이들이다. 그렇기에 수한은 정부만 믿고 손 놓기보단 개인적으로 식량 수급을 알아보는 중이었다.

비록 개인이 벌이는 일이라 정부가 하는 것처럼 대규모로 하지는 못하겠지만 그래도 자신이 할 수 있는 만큼은 준비할 생각이다.

8.
훈장 수여식

찰칵! 찰칵!

청와대 중앙 홀에서 많은 사람들이 관계한 중에 카메라 불빛이 번쩍이고 있었다.

각계각층에 종사하는 사람 중 국위선양에 힘쓴 사람들에게 그 공을 인정해 훈장을 수여하는 자리였다.

그런데 오늘 훈장 수여식은 여느 수여식과 조금 다른 것이 있어 청와대를 출입하는 기자들의 눈을 번뜩이게 하고 있었다.

그것은 바로 대통령이 수여하는 훈장이란 것이 그 명예가 상당한 것이다.

이런 훈장을 대한민국에서 알아주는 일가에서 상당수의 사람이 한꺼번에 수여를 받는다는 이야기가 나왔기 때문이다.

물론 수여하는 훈장의 종류가 다르지만 일단 한 가정에 한 명이 받기도 힘든 게 훈장이다.

그런데 가족이라고 할 수 있는 친족들이 받기에 다른 때보다도 많은 기자들이 몰렸다.

그들의 정체는 바로 천하그룹 회장 일가였는데, 그룹 대표 정대한 회장은 산업역군이니 그렇다 쳐도, 그 아들과 손자들은 참으로 뜻밖이었다.

하지만 그 내용을 살펴보면 모두 고개를 끄덕일 수밖에 없었다.

정대한 회장은 역시나 국가 산업 발전에 기여한 것이 있어 산업훈장을 받았고, 그의 차남 정명환 천하 디펜스 회장은 국가 안전에 기여했기에 보국훈장을 수여하였다.

정대한 회장의 손자는 자리에 함께 하지는 못했지만 무공훈장 태극장을 수여 받았다.

무공훈장이란 것은 군인이 전투에 나가 큰 공을 세웠을 때 받는다.

그리고 무공훈장에는 태극장, 을지장, 충무장, 화랑장, 인헌장이 있는데, 그중에서도 태극장이 가장 높은 등급의 훈장이었다.

그런 대단한 훈장을 정대한 회장의 장남의 차남, 즉, 손자가 그런 무공을 세우고 훈장을 받은 것이다.

또 다른 정대한 회장의 손자로 주 캄보디아 대사로 있는 정명수 대사의 장남인 정수한도 국가 발전에 이바지 했다는 명목으로 국민훈장을 수여 받았다.

사실 대통령의 마음 같아서는 자신이 수여할 수 있는 가장 높은 훈장인 무궁화대훈장을 수여하고 싶었다.

비밀 특수부대를 위해 특수장비(파워슈트)를 보급하였으며, 국방력 강화를 위해 차세대 주력전차 백호를 개발하고, 또 전략물자인 플라즈마 실드 발생장치를 개발하였다.

대한민국의 군대가 사용하는 각종 재래식 무기를 개량하여 전투력을 상승시켰다. 탄도미사일 요격 체계를 완성시켰을 뿐 아니라 공군의 전력 상승을 위해 미국으로부터 신형전투기를 구매하였으며, 해군을 위해 항공모함을 구매, 개량하여 해군에 인도를 하였다.

물론 이 모든 것이 전적으로 정수한 혼자만의 위업은 아니다.

그렇지만 전적으로 그가 개입하여 이룩된 일들이었다.

그리고 이 자리에서 밝힐 수는 없었지만 정수한으로 인해 대한민국이 통일을 이룩하였다.

이러한 사실을 알고 있는 사람은 정부 관계자 중에서도 몇 되지 않는다.

자신이 임명한 NSC위원 중에서도 알고 있는 사람은 최측근이라 고할 수 있는 국정원장과 국방부 장관 정도뿐이다.

그러니 정말로 훈장을 주려고 한다면 국가 발전에 이바지 했다고 주는 국민훈장뿐 아니라 그의 작은 아버지가 받은 보국훈장, 그리고 특수부대의 부대장인 사촌 형과 함께 북한에 침투해 북한 지도부를 일망타진하여 대한민국이 통일을 하는데 일조를 했으니 무공훈장을 받아야 한다.

신개념 청정에너지 발전 시스템을 개발하여 산업발전에 일조를 하였으니 산업훈장을 그리고 과학기술 발전에 기여를 하였으니 과학기술훈장을 수여해야만 하였다.

하지만 이런 잡다한 훈장을 모두 줄 수는 없는 노릇이 아닌가.

사실 수한은 대통령의 훈장 수여를 한다는 말에 거절을 했었다.

그렇지만 돌아가신 양할아버지를 위해 받으라는 양모 최성희의 설득에 국민훈장만 받기로 하였던 것이다.

이런 수한의 말에 윤재인 대통령도 수한의 마음을 이해하고 훈장 수여식은 그렇게 일단락되었다.

천하그룹 일가의 소식 때문에 떠들썩하던 수여식은 그렇게 끝났다.

하지만 수한은 훈장 수여식이 끝난 뒤에도 청와대를 바로 나올 수가 없었다.

그 이유는 훈장 수여식에 참석한 인원들과 대통령과의 만찬 때문이었다.

원래 계획이 되어 있는 순서였기에 수한만 따로 나올 수는 없었다.

◈ ◈ ◈

달그락!

화려한 식탁 위에는 먹음직스러운 음식들이 널려 있었다.

하지만 어느 누구도 쉽게 그 음식에 손을 대는 사람은 없었다.

청와대 요리사라면 국내에서도 최고의 요리사들로 정평이 나 있었기에 사실 음식이 맛이 없어 손을 대지 않는 것은 아니었다.

그런데도 음식에 쉽게 손이 가지 않는 이유는 바로 오늘 식사 자리 가장 상석에 앉아 있는 한 사람 때문이었다.

대한민국의 대통령 윤재인이 함께 자리하고 있으니 당연 참석자들이 마음 놓고 음식을 먹을 수가 없었다.

"왜들 먹지 않고 있습니까? 오랜 행사 스케줄 때문에 전 배가 고픈데요."

윤재인 대통령도 자신 때문에 만찬에 참석한 이들이 마음 편하게 식사를 하지 못한다는 것을 잘 알고 있다.

그래서 지금처럼 농담을 던지며 참석자들의 기분을 풀어 주고 있었다.

사실 이런 행사를 마련한 것도 갑작스럽게 통일을 한 것 때문에 어수선한 국민들의 상황을 집중시키기 위해서다.

훈장수여식을 굳이 이때 하지 않고 조금 더 미뤄 연말에 할 수도 있었지만, 현재 돌아가는 상황이 그렇지 못했다.

통일이 되면 금방 고향으로 돌아갈 수 있다고 생각을 했는지 일부 실향민과 탈북자들이 연일 국회 앞에서 시위를 하고 있었다.

그들이 주장하는 것은 다름이 아니라 군이 통제하고 있는 문을 개방하라는 것이다.

보다 쉽고 자유롭게 북한 지역을 왕래할 수 있게 해 달라는 소리다.

하지만 아직 북한 지역이 모두 평정이 된 것이 아니라 치안이 불안정해 그들의 요구를 들어줄 수 없었다.

아직 북한 지역은 해결해야 할 문제가 많이 남아 있기 때문이다.

일단 불안정한 치안이 그렇고, 또 남한과 급격한 빈부격차 때문에라도 아직 개방할 때가 아니었다.

그래서 정부는 아직 때가 되지 않았기에 북한 지역은 당분간 민간에 개방하지 않고 허가를 받은 단체만이 북한 지역에 들어갈 수 있도록 조치를 하였다.

전면 개방은 아니지만 그래도 민간에 어느 정도 개방을 하였기에 이전처럼 과격하게 시위를 하는 것은 아니었다. 그래도 민심이 혼란스러운 것은 어쩔 수 없었다.

더욱이 국회에서도 이 문제로 난상토론이 벌어지고 또 일부 과격한 의원들은 막말과 몸싸움을 벌이기도 하였지만 원칙을 내세운 정부의 어떤 외압에도 타협하지 않고 굳은 견지를 이어 갔다.

그러면서도 국민화합을 위해 뭔가 이슈가 필요하다는 생각에 연말 훈장수여식을 조금 앞당겨 거행하기로 하였다.

그러면서 일부러 이슈를 만들기 위해 천하그룹 일가를 전면에 내세운 것이다.

나라를 위해 모든 분야에서 엄청난 노력을 하는 영웅을 만들어 내 선전을 하였다.

그리고 이 계획은 확실하게 먹혔다.

천하그룹의 가장 큰 어른인 정대한 회장과 그의 차남 정명환 회장 그리고 장남 정명국의 차남 정수용 중령이 태극 무공훈장을 받았다.

또 삼남 정명수 대사의 자녀인 수한과 수연이 각각 국민훈장과 문화훈장을 받았다.

이렇듯 대한민국 건국 이래 일가 다섯 명이 훈장을 한꺼번에 받은 적은 없었다.

그러니 정부의 이번 행사는 예상대로 대성공을 거두었다.

물론 훈장을 받는다는 뉴스는 사전에 방송을 타고 흘러 나갔다.

그 때문에 일가가 한꺼번에 다섯 명이나 훈장을 받는다는 소식에 천하그룹과 관련 주식들은 엄청난 이득을 보았다.

이전에도 천하그룹은 모범적인 재벌로 국민들에게 알려졌는데, 이번에 그러한 것을 국가에서 인정한다는 말과 같은 행사가 벌어진 것이다.

그러니 국민들에게 이전보다 더 이미지가 좋게 형성이 되면서 천하그룹은 국민들에게 세계에 자랑할 수 있는 기업으로 되새겨졌다.

이는 기업이 이미지 마케팅을 하는 것 이상의 효과를 누리게 하였다.

정부도 의도대로 성공적인 행사를 마쳤고, 그리고 천하그룹도 덩달아 이득을 얻었다.

뿐만 아니라 수한이 대주주로 있는 라이프 메디텍도 동반 이득을 보았다.

그렇기에 다른 훈장 수여자들은 어떤지 모르겠지만 천하그룹 일가는 편안한 마음으로 만찬을 즐겼다.

그런 천하그룹 일가의 모습에 시간이 흐르면서 주변에 있던 수여자들도 편한 마음으로 만찬을 즐기게 되었다.

만찬이 끝나고 사람들이 청와대를 떠나갈 때 천하그룹 일가는 다로 남게 되었다.

"무슨 일로 대통령께서 저희를 부르신 것입니까?"

정명환 천하 디펜스 회장은 청와대 비서실장인 길성중에게 물었다.

"아, 너무 그렇게 긴장하실 것 없습니다. 그저 각하께서 천하 컨소시엄에서 진행하고 있는 신개념 에너지 발전시설에 대해 궁금한 것이 있으셔서 따로 부르신 것입니다."

길성준 비서실장의 말에 그제야 안심이 되었는지 정명환의 표정이 편안해졌다.

그리고 그건 함께 걷고 있는 정대한도 마찬가지였다.

아무리 대한민국 재계서열이 높다 한들 최고 권력자인 대통령의 말 한마디면 무너질 수 있었다.

공산주의 국가도 아닌 민주주의 국가에서 어떻게 그럴 수 있냐고 물어본다면, 그럴 수 있다고 말할 수밖에 없다.

물론 공산당처럼 막무가내로 그럴 수는 없지만 자본주의 국가이니 그럴 수 있었다.

막말로 국세청을 동원해 세무조사를 할 수도 있었고, 또 금융 감독원을 통해 주식 보유 현황이나 불법 부정 상속이 있었는지 조사할 수도 있다.

관련 부서에서 천하그룹에서 진행하는 사업들에 대한 승인을 늦출 수도 있는 것이다.

이렇게 합법적으로 기업 활동을 방해를 한다면 얼마 가지 않아 그룹은 무너질 수밖에 없다.

천하그룹쯤 되면 그런 방해가 있다고 해도 쉽게 무너지지는 않겠지만, 어차피 결과는 매한가지다.

그렇기에 아무런 이유도 없이 불려 오자 긴장을 했었는데, 불려온 이유가 별게 아니란 소리에 안도의 한숨을 쉬었다.

한편 뒤에서 따라가며 이들의 대화를 듣고 있는 수한은 조용히 뭔가를 생각하고 있었다.

'백악관에서 한국이 핵을 보유한 것에 대하여 논의가 되고 있다던데…….'

수한은 어젯밤 긴급하게 들어온 정보에 대하여 궁리를 하였다.

물론 수한은 정부 관계자가 아니다.

정부에 어떤 직책도 가지고 있지 않다.

하지만 대한민국 국민이고 또 전생에 죽기 전 다짐한 것과 양할아버지에게 물려받은 지킴이 수장으로서 의무가 있었다.

민족 수호단체 지킴이란 곳의 회원은 민족을 수호하기 위해 국내에만 머물지 않았다.

그들은 시대가 바뀌어 과거 창검으로 전쟁하던 시대를 지나 청과 대포로 전쟁을 하는 시기를 겪고는, 보다 복잡하게 변한 시대에 조국과 민족을 지키기 위해서 좁은 국내에서만 머물러선 안 된다는 생각을 하게 되었다.

더욱이 1997년 금융위기를 겪으면서 현대의 전쟁은 총과 대포만이 아니라 돈으로도 할 수 있다는 것을 깨달았다.

그래서 많은 지킴이 회원들이 경제위기를 틈타 해외 이민이란 형태로 외국으로 진출을 하였다.

그곳에서 갖은 노력을 하여 자리를 잡고 조국과 민족의 수호를 위해 신분을 숨기고 뿌리를 내렸다.

그렇게 외국에 뿌리를 내린 이들 중 미국에 뿌리를 내린 회원이 정보를 보내온 것이다.

구 북한군이 보유했던 핵무기를 한국이 확보를 했다는 것을 말이다.

1991년 남북한은 대표는 협상을 통해 1992년 한반도 내 비핵화 선언을 하였다.

하지만 북한은 2009년 일방적으로 이 선언을 파기하며 핵무기를 개발하였다.

그렇지만 남한 정부는 계속해서 비핵화 선언을 철회하지 않고 계승하고 있었다.

그런데 통일이 되면서 북한이 보유했던 핵무기들을 확보하면서 아무런 언급이 없었다.

아니, 중국이 위협을 할 때 윤재인 대통령이 주진평에게 핵무기를 사용한다면 한국도 핵무기를 사용할 수도 있다는 언급을 함으로써 사실상 대한민국이 핵보유국임을 시사했다.

어떻게 알았는지 미국은 이런 한국이 핵무장을 한 것에 대한 논의를 하고 있었다.

"요즘 사업은 잘되고 있지요?"

청와대 정원에 있는 정자에서 차와 간단한 다과를 즐기며 대통령은 그렇게 정대한 회장을 보며 물었다.

천하 그룹이 재계서열 5위에 오르면서 사업은 날로 번창하고 있었다.

이번에 새롭게 진출한 에너지 사업도 그렇고, 조선과 항공도 순조롭게 사업이 진행이 되고 있었다.

특히 에너지 사업 같은 경우 지금까지 나타난 그 어떤 것보다 확실한 이익이 보장이 되어 있었기에 더욱 그러하였다.

신개념 에너지, 청정에너지를 표방한 사업은 사업이 정상 궤도에만 오르면 땅 짚고 헤엄치기나 마찬가지였다.

자신 손자가 발견한 에너지 발전 시스템은 참으로 놀라웠다.

돌에서 에너지를 축출한다는 말에 처음에는 농담으로 생각을 하였다.

천재들이 엉뚱하다는 말은 들었지만 천재인 자신의 손자는 그런 모습을 전혀 보이지 않았었다.

그런데 그게 아닌가 하는 생각을 하였는데, 자신의 말을 증명해 보였을 때의 그 놀라움은 이루 말을 할 수가 없었다.

그리고 그때서야 자신의 손자에게는 보통 사람과는 다른 뭔가 특별한 비밀이 있다는 것을 알게 되었다.

그것이 마법이란 것은 알지 못하지만 아주 특별한 보통 사람은 알 수 없는 뭔가가 있다는 것을 말이다.

하지만 그것이 무엇인지 알 수는 없지만 한 가지는 알 수 있었다.

그것이 그룹은 물론이고 가문과 이 나라에 절대 해가 되는 일은 아닐 것이란 믿음 말이다.

어떤 근거로 그런 마음이 들게 하는지 정대한 본인은 알 수는 없었지만 막연히 그런 믿음이 생겼다.

"예, 지금처럼만 사업이 된다면 전 안심하고 뒤로 물러날 수 있을 것 같습니다."

정대한은 정말로 그런 생각을 가지고 있는지 대통령의 물음에 밝은 표정으로 대답을 하였다.

그룹 오너들이 후계자를 위해 자리에서 물러나는 일은 무척이나 신중한 일이었다.

자칫 잘못했다가는 피땀 흘려 이룩한 모든 것을 공든 탑이 무너지듯 무너질 수 있기 때문이다.

그리고 그런 그룹이 없었던 것도 아니다. 한때 성삼 그룹과 함께 제계 1, 2위를 다투던 미래 그룹이 그랬다.

카리스마 넘치던 창업주가 후계자에게 그룹을 맡기고 뒤로 물러서자 탄탄하던 그룹이 흔들리기 시작하였다.

창업주의 뒤를 이은 후계자가 그렇다고 능력이 없던 사람도 아니었다.

엘리트 교육까진 아니더라도 고등교육을 받고 철저한 밑바닥부터 착실하게 실력을 쌓아 온 사람이었다.

그렇지만 창업주만큼 카리스마와 리더십이 뛰어나질 못했다.

아니, 리더십은 어느 정도 가지고 있었지만 뛰어난 계열사 사장단이나 그룹 이사들을 휘어잡지 못해 결국 그룹은 얼마 가지 않아 조각조각 분리되고 말았다.

같은 이름을 쓰고는 있지만 별개의 기업이 된 것이다.

미래 그룹만 그런 것도 아니다.

다른 기업들도 2세, 3세로 경영권이 대물림 되면서 문제가 나타난 곳이 한두 곳이 아니었다.

아무튼 이렇듯 경영권을 물려주는 일은 무척이나 신중하고 천하그룹 정도 되는 기업은 단순 그룹 경영권만 두고 볼 수는 없는 일이었다.

그만큼 국가에 미치는 영향이 지대했기 때문에 대통령도 방금 전 정대한 회장의 대답에 눈을 반짝였다.

"아직 정정하신데, 벌써 일선에서 물러나시게요?"

"하하 말이 그렇다는 것이죠. 제 욕심 같지만 조금 더 이룩하고 싶은 목표가 있습니다."

윤재인 대통령이 불안한 마음에 물러나시겠냐는 질문을 하자 정대한은 그 말을 가볍게 받았다.

확실히 오랜 기간 기업을 운영하다 보니 노련한 정치인인 대통령도 이렇게 들었다 놨다 하는 정대한 회장이다.

한편 수한은 가슴속에 묻어 둔 이야기를 할 타이밍을 재고 있었다.

대통령과 할아버지가 대화를 주고받는 것을 지켜보며 이야기를 할 타이밍을 재고 있는 수한의 모습을 보았는지 정명환 회장이 말을 걸었다.

"수한아, 무슨 불편한 것이라도 있느냐?"

비록 수한만 들을 수 있게 귓속말로 하였지만 수한에게 관심이 많은 윤재인 대통령의 시선을 피할 수는 없었다.

"그래요? 이 자리가 불편한가요?"

윤재인 대통령은 수한이 안절부절 못하는 모습이 자리가 불편해 그런 것은 아닌가 걱정을 하며 물었다.

"아닙니다. 그저 중요한 정보를 들었는데, 그것을 언제 이야기를 해야 할지 몰라 그런 것입니다."

수한은 울고 싶은데 뺨을 맞는다고 지금이 이야기를 꺼낼 때라 판단해 그렇게 대답을 하였다.

미국에 있는 지킴이 회원이 전해 준 정보는 별거 아닌 것 같아도 현재 한반도 정세에 무척이나 중요한 정보였다.

"그래, 그게 어떤 내용입니까?"

관심을 가지고 있던 이가 중요한 정보가 있다는 말에 윤재인 대통령도 그 정보가 무엇인지 궁금해 물었다.

"예, 미국에 있는 지인으로부터 받은 정보로 현재 미국 백악관에서 한국이 보유 중인 핵무기에 대하여 논의 중이라 합니다."

"뭐요? 그걸 왜 그들이 논의를 한다는 것입니까?"

윤재인 대통령은 수한의 이야기를 듣고 기겁을 하였다.

미국이 대관절 무엇 때문에 남의 나라 일에 감 놔라 배 놔라 내정간섭을 한다는 소린가.

참으로 어처구니없는 이야기가 아닐 수 없었다.

그런데 한편으로는 미국이라면 그럴 수 있다는 생각도 들었다.

미국은 절대적으로 타국이 자국에 위협이 될 무기를 갖는 것을 결코 좌시하지 않았다.

인도, 이란, 이라크, 파키스탄 등 기존 강대국이 아닌 제3

국이 자국에 위협이 될 만한 대량 살상무기를 갖는다는 첩보가 들어오면 갖은 수단을 다해 방해를 하고 제재를 하였다.

무역봉쇄를 하여 경제제재를 하는가 하면, 세계 각국에 압력을 행사해 은행 업무를 마비시켰다.

전 방위적으로 압력을 행사하기에 그 압력에 굴복한 나라가 있는 반면 그에 굴하지 않고 맞서며 어려운 상황에 처한 국가도 있었다.

그렇기에 미국이 한국에 대량 살상무기인 핵무기가 있다는 사실을 그냥 좌시하지 않을 것이란 것은 불을 보듯 빤했다.

이런 이야기를 들은 윤재인 대통령은 표정이 굳어졌다.

그저 기분 좋은 마음으로 만찬 후 국가를 위해 힘쓴 사람과 담소를 나누고 싶었는데, 이런 중대한 정보를 듣게 되자 표정이 저절로 굳어진 것이다.

그리고 힘이 약한 국가의 대통령으로서 어떤 판단을 해야 할지 고심을 하였다.

한편 그런 대통령의 모습에 수한은 대통령의 얼굴을 조용히 쳐다보았다.

갑자기 화기애애하던 다과 분위기가 수한의 이야기로 어두워져 아무도 소리를 내지 않고 가만히 기다렸다.

그렇게 침묵이 흐르고 어느 정도 시간이 흐르자 수한이 다

시 이야기를 시작하였다.

"대통령님께서 그 문제로 어떤 판단을 하실지 전 알 수는 없지만 제 이야기를 무례하다 생각지 마시고 들어 주십시오."

"그래, 무슨 말인가?"

윤재인은 수한의 말에 그가 무슨 말을 할 것인지 물었다.

너무도 심각한 내용이라 혼자만의 생각으로 판을 그르칠 수도 있는 일이기에 다양한 목소리를 들어 봐야만 했다.

그래서 대통령은 처음 이 골치 아픈 정보를 가져온 수한의 이야기를 들어 보기로 하였다.

대통령의 허락이 떨어지자 수한은 자신의 생각을 대통령에게 이야기 하였다.

"아마도 미국은 예전 1992년에 있었던 한반도 비핵화 선언을 지키라는 말을 할 것입니다. 하지만 당시 함께 비핵화 선언을 했던 북한은 2008년 선언을 일방적으로 파기를 하였습니다. 그리고 핵무기 개발을 하였습니다."

수한의 이야기가 계속되자 윤재인 대통령을 비롯한 사람들은 모두 수한의 이야기에 빠져들었다.

"구 북한 지도부는 핵무기를 이용해 외부의 위협으로부터 정권을 지키려 여러 번 시도를 하였고, 또 그 성과를 얻기도 하였습니다. 이로 비춰 볼 때 미국이 아무리 압력을 행사하더라도 우리는 확보한 핵무기를 쉽게 포기해선 안 된다고 생각합니다.”

통일을 이루면 확보한 핵무기를 포기해선 안 된다 주장을 하고 잠시 말을 끊고 주변을 둘러보았다.

그런 수한의 행동에 그의 이야기를 듣고 있던 사람들은 자신도 모르게 마른 침을 삼켰다.

그건 대통령인 윤재인도 마찬가지였다.

그만큼 수한의 이야기를 들을 때 너무도 몰입을 하였기에 목이 탔다.

“요번에 있었던 중국 심양군구의 집단군과의 교전이 승리로 끝날 수 있었던 것은 전적으로 한반도에 핵이 있었기 때문입니다.”

수한은 육군 제2기갑사단과 중국 심양군구 집단군 기갑군단 간의 압록강을 사이에 두고 벌였던 국지전에 대하여 이야기를 했다. 그때 승리의 원인이 우수한 기갑전력이 아닌 구북한군의 핵무기라 주장을 하였다.

너무 의외의 말에 윤재인 대통령이나 자리에 참석해 이야기를 듣고 있던 사람들은 고개를 갸웃거릴 수밖에 없었다.

“그게 어떻게 핵무기 때문이란 것이지요? 단순하게 우리 육군의 2기갑사단과 중국 심양군구 집단군의 기갑 전력 간의 전투에서 우수한 2기갑사단의 전차의 성능 때문에 승리한 교전인데 말입니다."

너무도 이해가 가지 않는 수한의 주장에 그런 질문을 하는 대통령이다.

한편 수한은 아직 자신보다 정보가 어두운 대통령을 보며 다시 한 번 대한민국 국정원의 정보 수집 능력의 부재를 느꼈다.

"사실 중국군은 심양군구의 39집단군과 40집단군 일부만 한반도에 출동을 시키는 것이 아닌, 준비가 되는 대로 심양군구의 남은 전력을 출동시키고 필요하다면 북경군구, 제남군구의 병력까지 한반도에 투입할 계획이었습니다. 하지만 뒤늦게 우리 국군이 북한이 보유했던 핵무기까지 온전하게 확보했다는 것을 깨닫고 더 이상의 전력 투입을 금지했던 것입니다."

수한이 중국이 단 한 번의 교전만 끝내고 대군을 뒤로 물린 이유를 설명하자 수한의 이야기를 듣고 있던 윤재인 대통령의 눈이 커졌다.

교전이 있기 전 윤재인 대통령은 중국의 국가 주석인 주진평과 통화를 했었다.

그리고 통화 중 분명 구 북한군이 보유했던 핵무기에 대한 언급을 했었다.

당시 주진평이 먼저 핵무기 공격을 언급하자 자신도 모르게 한 말이지만 아무튼 그 때문에 교전이 본격적인 전쟁으로 확전(擴戰)이 되는 것을 막았다는 말에 안도의 한숨을 쉬었다.

'휴! 그런 것이군! 주진평의 협박에 나도 몰래 응수한 것 뿐인데, 그런 내막이 있었을 줄은 상상도 못했네!'

자신의 이야기를 듣고 말은 하지 않았지만 다양한 표정 변화를 하는 대통령의 모습에 한반도에 핵무기가 있다는 사실이 어떻게 미국에 들어가게 되었는지 알 수가 있었다.

수한이 들은 정보에도 한반도에 핵무기가 있다는 정보가 중국을 통해 미국 백악관에 들어갔다는 사실을 인지했기 때문이다.

'음, 압록강 전투가 있기 전 중국 주석과 통화 중 나온 말인가 보군!'

수한의 짐작대로 윤재인 대통령은 당시 어떻게든 내려오는 심양군구의 집단군을 막기 위해 그런 이야기를 하였다.

물론 주진평이 먼저 핵공격을 할 수도 있다는 협박을 했었다는 것은 알지 못하지만 말이다.

그리고 주진평의 협박에 이판사판이란 심정으로 한 응수였

다는 사실도 말이다.

자세한 내막은 알 수 없지만 어찌 되었든 대통령을 통해 그런 정보가 새어 나간 것이다.

윤재인 대통령은 자신이 가진 패(牌)가 결코 가벼운 것이 아니란 사실을 새삼 깨닫게 되었다.

미국만큼은 아니지만 중국 또한 무시할 수 없는 강대국이다.

세계 2위라는 군사력을 가진 중국이 자신의 큰소리에 꼬리를 내렸다는 생각을 하자, 조금 전까지만 해도 미국이 핵무기에 관한 이야기를 꺼내면 어떻게 대응을 해야 할지 고심을 하던 윤재인 대통령에게 큰 힘을 주었다.

그러면서 윤재인 대통령의 머릿속에는 이런 카드를 어떻게 활용할지 맹렬하게 돌아가기 시작하였다.

여러 가지 구상이 떠올랐다 사라지고 또 나타났다 사라지기를 반복하였다.

그런 대통령의 모습에 정대한 회장이나 정명환 회장은 다과회가 끝났음을 깨달았다.

백악관 대통령 집무실.

오늘도 백악관 대통령 집무실에는 국가 안보를 논의하는 NSC가 벌어졌다.

“골치가 아프군!”

“그렇습니다.”

누군가 이번 안건이 해결 기미가 보이지 않자 골치가 아프다는 말을 하자 그 옆에서 동조의 말이 터져 나왔다.

“그래서 어떻게 하자는 말인가? 골치 아프다고 그냥 넘기자는 말인가?”

이야기를 듣고 있던 레이놀즈 국무장관이 골치 아프다며 투덜거리던 안보수석 덴 하비는 갑작스런 리노 레이놀즈 국무장관의 말에 깜짝 놀랐다.

“아, 아닙니다.”

차기 공화당 대통령 후보로 거론되고 있는 리노 레이놀즈 국무장관의 서슬 퍼런 물음에 덴 하비는 꼬리를 말았다.

현재 리노 레이놀즈 국무장관의 심기는 무척이나 좋지 못했다.

어느 순간부터 대통령인 존 슈왈츠의 태도가 어딘지 모르게 자신을 배격하는 모습이 보이기 시작하였다.

겉으로 들어나게 그런 것은 아니지만 그렇다고 느끼지 못

할 것도 아니었다.

'제길, 언제부터지?'

아무리 생각을 해도 존 슈왈츠가 자신을 이렇게나 밀어낼 이유가 없었다.

물론 자신이 차기 대선을 위해 대통령인 존 몰래 여러 가지 일을 하기는 하였지만 그것이 대통령에게 들키지는 않았다.

더욱이 뚜렷하게 대통령에게 손해가 가는 일도 아니었다.

그런 생각을 하는 리노 레이놀즈는 절대로 알 수가 없었다.

대통령이 무엇 때문에 자신을 멀리하는 것인지 말이다.

아직 임기가 2년이나 남은 상태에서 벌써부터 권력 누수 현상이 벌어지고 있으며, 리노 레이놀즈가 자신이 대통령이라도 된 것처럼 행동을 하고 있는 모습이 현 대통령인 존 슈왈츠에게 얼마나 보기 싫은 것인지 말이다.

물론 리노 레이놀즈는 존 슈왈츠 대통령이 대선을 준비할 때 그의 보좌를 하며 슈왈츠 대통령이 대통령으로 당선되는 데 지대한 공을 세웠다.

하지만 그것이 현재 리노 레이놀즈 국무장관이 그런 행동을 하는 것을 정당화 할 수는 없었다.

어찌 되었던 현 미국의 대통령은 존 슈왈츠였고 그가 미국의 권력 최정상에 있는 존재였다.

그런데 자신의 자리를 위협하는 이가 아무리 자신을 그 자리에 올려 준 친구라 해도 나눌 수 있는 것이 아니었다.

막말로 마누라는 나눠도 권력은 남과 나눌 수는 없는 것이라 하였다.

권력이란 그런 것이다.

자식과도 나눌 수 없는 것이 권력인데, 자식도 아니고 남인 리노 레이놀즈다.

그렇기에 현재 리노 레이놀즈는 대통령인 존 슈왈츠에 의해 차근차근 권력의 밖으로 밀려나고 있었다.

아무리 대단한 권력을 가지고 있다고 해도, 미국 내에서 가장 강력한 권력자는 임기가 2년이나 남아 있는 현직 대통령인 존 슈왈츠를 따라갈 수 없었다.

사실 이전에도 그런 경우가 있었다.

미국의 43대 대통령이던 조지 주니어 부시 전 대통령 때 지금과 비슷한 일이 있었다.

당시 국무장관이던 럼스펄트 장관은 권력에 취해 대통령을 무시하고 전횡을 행사하였다.

차기 대통령을 자처하며 자신만이 최고라 생각하며 자신만

이 위대한 미국을 대표할 수 있다고 생각한 나머지 대통령도 무시를 하였다.

그러나 결국 권력은 최고 지도자인 대통령의 곁에서 나온다는 사실을 깨닫기까지 그리 오래 걸리지 않았다.

대통령까지 위협하며 권력을 휘두르던 럼스펄트 국무장관은 결국 중도에 직위가 해제되며 자리를 물러났다.

그런데 역사는 반복이 된다고 했던가.

당시 럼스펄트 국무장관이 했던 과오를 현 국무장관이 그대로 답습을 하고 있었다.

그리고 그는 아직까지 자신의 잘못을 깨닫지 못하고 있었다.

한편 연일 계속되는 회의로 지친 NSC위원들의 심기는 무척이나 날카로워져 있었다.

조금 전 리노 레이놀즈에게 타박을 받은 안보수석 덴 하비는 리노 레이놀즈의 기세에 눌려 고개를 숙이긴 하였지만 그 내부에는 분노가 가득하였다.

탁! 탁!

분위기가 흐트러진 것을 깨달은 존 슈왈츠 대통령은 자신의 테이블을 노크 하듯 두드려 사람들의 시선을 끌었다.

"모두 계속되는 회의에 지친 것은 알겠지만 이 문제는 무척이나 심각해! 어떤 판단을 하든, 앞으로 우리의 정책이 나가는 데 중요한 분기점이 될 것이야! 그러니 조금만 더 집중을 해서 해결을 하자고."

자신에게 시선이 쏠리자 위원들의 시선 모으기에 성공을 한 존 슈왈츠 대통령은 그렇게 앞으로 자신들이 정책을 기획하는 데 중요한 기로라는 것을 강조하며 회의를 진행하였다.

그런 대통령의 말에 NSC위원들도 한숨을 쉬며 다시 수집된 정보를 들여다보며 생각을 정리하였다.

"한국이 핵무기를 보유했다는데, 국장! 확인을 했나?"

슈왈츠 대통령은 CIA국장인 말론을 돌아보며 물었다.

그런 대통령의 질문에 말론은 얼른 대답을 하였다.

"예, 한국이 북한군이 보유하고 있던 핵무기 전량을 확보한 것을 확인하였습니다."

말론 국장의 입에서 정보를 확인했다는 말이 나오기 무섭게 이야기를 듣고 있던 NSC위원들의 입에서 자신도 모르게 신음성이 터져 나왔다.

지구상에 또 하나의 핵무기 보유국이 나왔기 때문이다.

핵무기를 보유한 나라는 그 나라의 국력이 강하든 그렇지 않든 미국의 입장에서 무척이나 껄끄러웠다.

비록 한국이 자국과 오랜 동맹이라고 하지만 요 근래 두 국가의 관계를 돌아보면 썩 좋지 못했다.

물론 그 모든 원인은 미국에 있었다는 것을 이 자리에 있는 사람들이 모르지는 않았다.

다만 애써 외면을 할 뿐이다.

동맹인 한국과 관계가 소원해지기 시작한 것은 이번 정부 들어서가 아니라 이전 정부들부터였지만 결정적으로 틀어진 것은 이 자리에 있는 국무장관인 리노 레이놀즈의 정책 운영 때문이었다.

친 일본 성향의 리노 레이놀즈가 펼친 정책으로 인해 일본 우익들의 기는 하늘을 찌를 것처럼 떠올랐다.

뿐만 아니라 자위대가 군으로 승격이 되는 데 결정적인 역할을 한 것도 리노 레이놀즈였다.

2차 대전 패전국인 일본은 헌법상 군대를 가질 수 없는 국가였다.

하지만 시대가 변했고 경제대국인 일본의 역할이 중요해졌다는 미명 아래 일본의 자위대는 헌법을 고치고 군대가 되었다.

그 때문에 일본 내에서도 많은 일본 국민들이 시위를 하였다.

하지만 정치인들의 협잡 속에 헌법은 고쳐지고 자위대는 군대가 되어 아시아의 평화를 위협하게 되었다.

그 일로 아시아의 많은 국가들이 일본을 비난하였고, 또 일본이 군대를 갖는 데 동조를 한 미국 또한 비난을 하였다.

일본이 얼마나 이중적인 성격을 가진 국가인지 아시아 국가들은 너무도 잘 알고 있기 때문이다.

자국의 이익을 위해선 비인륜적인 짓도 서슴지 않고 행하는 일본인들의 성향은 세월이 흘러도 바뀌지 않았다.

2차 대전 당시 엄청난 많은 아시아인을 학살하고 또 마루타란 이름 아래 인체실험을 하였다.

또 그런 이들에게 명령을 내렸던 이들을 국가 영웅이라며 신사(神社)에 안치하고 참배를 한다.

전범들을 영웅으로 취급하는 그런 일본인을 믿을 수 없다고 규탄하는 아시아인들을 오히려 과거에 사로잡힌 사람들이라며 치부하던 리노 레이놀즈였다.

그러니 당연 관계가 소원해질 수밖에 없는데, 이 또한 리노 레이놀즈는 과거 도움을 주었던 것만 기억하고, 자신들이 어떤 이득을 가져갔는지 생각지 않는 발언을 하여 한국인들을 분노하게 만들었다.

너무도 강압적인 정책을 수립하며 일본의 입장만 대변하는 그의 행보에 중국이나 한국은 용납하지 않았다.

다만 오랜 동맹이었기에 한국은 미국과 동맹 관계를 유지하기 위해 참고 있을 뿐이다.

"아니, 그것을 확인했다면 당연 조치를 취해야 하는 것 아닌가?"

말론 국장이 정보를 확인했다는 말에 리노 레이놀즈가 나서서 큰 소리를 쳤다.

그런 레이놀즈 국무장관의 모습에 대통령의 표정이 굳어졌다.

"레이놀즈!"

"왜? 무슨 할 말이라도 있나? 존!"

잔뜩 굳은 존 슈왈츠 대통령이 레이놀즈 국무장관을 불렀다.

마치 자신이 대통령이라도 된 듯 나서는 그의 모습에 화가 난 것이다.

하지만 그런 대통령의 심기를 헤아리지 못한 레이놀즈는 마치 친구를 부르듯 편하게 대통령의 이름을 불렀다.

평소라는 원래 친구 관계인 두 사람이기에 상관이 없을지 모르겠지만, 지금은 그런 상황이 아니었다.

엄연히 국가 안보를 책임지는 안보회의를 하는 중이었으며, 주변에는 다른 위원들도 자리하고 있었다.

그런데 그런 자리에서 대통령의 권위를 무시한 레이놀즈 국무장관의 발언은 크나큰 실수였다.

"자넨 지금 이 자리가 어떤 자리인지 모르나? 더 이상 두고 보기 힘들군!"

화를 내는 대통령의 모습에 레이놀즈 국무장관은 무엇 때문에 대통령이 화를 내고 있는지 알 수가 없었다.

"왜 그래? 무엇 때문에 그렇게 화가 나 있는 것이야?"

무엇 때문에 대통령이 자신에게 화를 내는지 알 수가 없었던 레이놀즈 국무장관은 그렇게 자신에게 화가 난 이유를 물을 수밖에 없었다.

하지만 그것이 더욱 대통령인 존 슈왈츠를 화가 나게 만들었다.

"지금 내가 화를 내는 이유를 모르겠다고? 지금 내게 화가 난 이유를 모르겠다고 한 것인가?"

슈왈츠 대통령은 회의를 하다 말고 화가 나 도저히 참을 수가 없었다.

190㎝가 넘는 거구의 존 슈왈츠 대통령이 일어나 노려보는 눈빛은 실로 감당하기 두려운 것이었다. 하지만 이미 자신만의 세계에 살고 있는 리노 레이놀즈에게는 무엇 때문에 자신에게 화를 내는지 알 수 없어 답답할 뿐, 아무런 위협도 아니었다.

그저 자신에게 화를 내는 이유를 듣고 싶은 생각뿐이다.

"무엇 때문에 그렇게 화가.난 것인지 이유를 들려주지 않겠나?"

너무도 차분한 리노 레이놀즈의 모습에 화를 내던 존 슈왈츠는 어처구니가 없었다.

"내가 누군가?"

아무런 감정도 실리지 않은 목소리로 리노 레이놀즈 국무장관에게 자신이 누구인지 물어보는 존 슈왈츠 대통령이었다.

이미 주변에 있던 NSC위원들은 사태가 심각함을 느끼고 조용히 한쪽으로 몸을 피했다.

괜히 근처에 있다 불벼락을 맞을 수도 있다는 생각 때문이었다.

한편 분위기가 점점 이상해짐을 느낀 레이놀즈 국무장관은 조용히 자신을 노려보는 대통령을 보다 주변을 살폈다.

그러다 불안한 눈빛으로 자신을 쳐다보는 위원들의 눈을 보고 그제야 자신이 얼마나 큰 실수를 했는지 깨닫게 되었다.

'이런 젠장!'

실수를 깨닫기는 했지만 돌이킬 수는 없음도 깨달았다.

'어처구니가 없군! 차기 대선을 노리는 내가 이런 실수를 하다니…….'

자신의 실수를 깨닫자 리노 레이놀즈는 하늘이 무너지는

기분이 들었다.

세계 최고의 자리가 눈앞이었는데, 이렇게 추락할 줄은 상상하지도 못했다.

"아직도 날 무시하는 것인가? 내가 누구냔 말이다."

존 슈왈츠 대통령은 분노를 감추지 않고 큰소리를 질렀다.

그리고 대통령의 호통에 자신만의 생각에서 깨어난 리노 레이놀즈는 고개를 숙일 수밖에 없었다.

"sorry 슈왈츠! 내가 그동안 미몽에 싸여 실수를 저질렀네!"

리노 레이놀즈는 대통령이자 친구인 존 슈왈츠에게 사과를 하였다.

하지만 이미 돌아올 수 없는 강을 건넜다는 것을 알기에 자신의 말이 끝나기 무섭게 날아온 슈왈츠 대통령의 말에 고개를 끄덕일 수밖에 없었다.

"그동안 수고했네! 이 시간 이후로 자네의 직위는 해제되었네! 그만 나가 주게!"

"알겠네. 행운을 비네."

리노 레이놀즈 국무장관은 대통령인 존 슈왈츠로부터 직위 해제 명령이 떨어지자 이를 수긍하였다.

그리고 앞으로 일에 행운을 빌며 자리를 떠났다.

쿵!

집무실 문이 닫히고 리노 레이놀즈가 떠난 자리는 한동안 수습이 되지 않았다.

"분위기도 어수선하니 잠시 쉬었다가 회의를 속행하기로 하지."

"알겠습니다."

"그럼 2시간 휴식을 취하고 2시간 뒤 다시 회의를 하기로 하지."

"예."

대통령의 2시간 뒤 회의를 하자는 말에 NSC회의는 중단이 되었다.

회의가 중단이 되자 위원들은 회의를 하던 대통령 집무실을 나가 휴식을 취하러 갔다.

하지만 연일 계속되는 회의 속에 꿀 같은 휴식시간이 주어졌지만 그들의 표정은 그리 밝지 못했다.

오랜 동료였던 리노 레이놀즈가 떠났기 때문이다.

얼마 전 리노 레이놀즈와 대립을 하던 리지 오스왈도 국방부장관이 사임을 하더니 이번에는 그 본인이 큰 실수를 하고 떠나갔다.

오랜 정치적 동지였던 그가 떠나간 것이 무척이나 아쉬웠다.

하지만 그것도 잠시 권력의 상층부에 있던 이가 떠나자 이들의 머릿속에 또 다른 생각이 떠올랐다.

친구가 떠나간 아쉬움은 금방 사라졌고 그 자리에는 권력욕에 대한 욕망이 자리를 대신하였다.

차기 대권주자로 거론되던 리노 레이놀즈가 사라졌으니 그 자리는 공석이 되었다.

아무리 막강한 권력을 가지고 있던 레이놀즈라고 하지만 대통령과 척을 지고 물러났으니 더 이상 권력과는 가까워질 수 없었다.

그러니 그 자리는 남은 이들 중 누군가의 자리가 될 것이 분명했다.

그리고 그런 자리에 가까이 있는 사람은 이 자리에 있는 누군가였다.

뜻하지 않게 높은 곳으로 향하는 계단을 발견한 이들은 조금 전까지만 해도 동지였던 이들의 눈치를 살피기 시작하였다.

한편 모든 위원들이 나가고 혼자 남은 슈왈츠 대통령은 집무실 한쪽에 마련된 휴게실에 들어가 몸을 뉘었다.

휴게실 간이침대에 몸을 뉘인 그는 조금 전 일로 갑자기 밀려드는 피로에 눈을 감았다.

그가 눈을 감자 오래전 과거의 한 사건이 그의 머릿속에

떠올랐다.

존 슈왈츠 대통령이 떠올린 기억은 그가 해군 장교로 있을 때의 기억이었다.

작전에 나갔다 자신의 실수로 고립이 된 대원들과 자신의 생명을 구해 준 리노 레이놀즈의 모습이 보였다.

블랙호크 헬기를 타고 적진에 고립된 자신을 구하러 하늘에서 내려온 그의 모습은 정말이지 구원의 천사의 모습이었다.

그때부터 리노 레이놀즈는 자신에게 없어서는 안 될 동료이자 행운의 천사였다.

그런데 이렇게 관계가 틀어지다니 권력이란 생각한 것보다 더 무서운 것이었다.

한때 생명의 은인이던 그가 이제는 권력을 두고 암투를 벌이는 경쟁자가 되었다.

뒤늦게 그가 자신의 잘못을 깨달았다고 하지만 관계를 개선하기는 이미 늦었다는 것을 자신이나 그나 잘 알고 있었다.

떠나간 리노 레이놀즈를 생각하자 또 다른 자신의 동료였던 리지 오스왈도가 생각났다.

여자의 몸으로 국방부장관의 자리에 올라 한 점 흐트러짐 없이 미합중국의 군을 대표하는 얼굴이 되어 임무를 완수하였다.

하지만 견해의 차이로 레이놀즈보다 먼저 자신의 곁을 떠나간 그녀가 지금 이 순간은 너무도 그리웠다.

"동양의 작은 나라 하나 때문에 난 오랜 동지를 또 한 명 떠나보내는군."

존 슈왈츠 대통령은 자신도 모르게 자신의 심정을 중얼거렸다."

정말이지 생각만 해도 어처구니가 없었다.

어디서부터 잘못된 것인지 모르겠지만 한국과 관련되어 자신의 생각대로 진행이 된 일이 없었다.

존 슈왈츠는 한국이란 나라는 자국 미국의 눈치만 보는 그런 나라였다.

줏대도 없고 주변국의 눈치만 보며 어떻게든 자신의 이익만 생각하는 소인배들이 국가 지도자의 자리에 앉아 있는 나라 그런 나라였는데, 언제부터인가 바뀌었다.

한국이란 나라를 생각하면 정말이지 알다가도 모를 그런 나라라는 생각이 들었다.

〈『그레이트 코리아』 제10권에서 계속〉

http://www.bbulmedia.com

http://www.bbulmedia.com